双葉文庫

日溜り勘兵衛 極意帖

押込み始末

藤井邦夫

目次

第一章　御用達　7
第二章　妖刀村正　84
第三章　利家置文　162
第四章　暗闘始末　234

押込み始末　日溜り勘兵衛　極意帖

第一章　御用達

一

根岸《ねぎし》の里、時雨《しぐれ》の岡《おか》の御行《おぎょう》の松《まつ》と不動尊の草堂《そうどう》は夏の陽差しに輝き、石神井《しやくじい》川《がわ》用水のせせらぎは眩《まぶ》しく煌《きら》めいていた。

黒猫庵《くろねこあん》の広い縁側《えんがわ》に掛けられた簾《すだれ》は、差し込む夏の厳しい陽差しを和《やわ》らげていた。

鉦《しころ》勘兵衛《かんべえ》は、簾越しに吹き抜ける微風《そよかぜ》を受け、柱に寄り掛かって居眠りをしていた。

老黒猫は、勘兵衛の膝の中に丸くなって納まり、寝息を立てていた。

簾越しの陽差しが僅《わず》かに動き、南にある東叡山寛永寺《とうえいざんかんえいじ》が午《うま》の刻九つ（正午）の鐘を響かせた。

出掛ける刻限だ……。

勘兵衛は、眼を覚ました老黒猫を膝の中から出した。

老黒猫は後ろ足を交互に伸ばして背伸びをし、野太い声で一鳴きして何処《どこ》へともなく姿を消した。

勘兵衛は、井戸端で水を浴びて着替え、石神井川用水沿いの道に出た。

陽差しは刺すように暑かった。

勘兵衛は、眩《まぶ》しげに見上げて塗笠《ぬりがさ》を目深《まぶか》に被《かぶ》った。

今年の夏は、いつもの夏より暑さが厳しいようだ……。

勘兵衛は、涼しげに流れている石神井川用水の傍の道を下谷《したや》に向かった。

京橋川《きょうばしがわ》は穏やかに流れ、架かっている京橋には暑さにも拘《かか》わらず多くの人が行き交っていた。

勘兵衛は賑《にぎ》わっている日本橋《にほんばし》の通りを南に進み、京橋の手前の具足町《ぐそくちょう》に進んだ。

具足町にある老舗《しにせ》呉服屋『越前屋《えちぜんや》』は、大勢の客が出入りし、奉公人たちが忙しく応対をしていた。

勘兵衛は、呉服屋『越前屋』の斜向《はすむ》かいにある蕎麦屋《そばや》の暖簾《のれん》を潜った。

「いらっしゃいませ……」

蕎麦屋の小女は、笑顔で勘兵衛を迎えた。

「邪魔をする。骨董屋《こっとうや》の……」

「あっ、吉五郎《きちごろう》さんなら二階の座敷です。どうぞ、お上がり下さい」

小女は、利発そうな眼で隅の階段を示した。

「そうか。では、酒と天麩羅《てんぷら》を頼む……」

「はい」

勘兵衛は、小女に酒を注文して店の隅の階段を上がった。


蕎麦屋の二階の座敷では、吉五郎が窓辺に座って斜向かいに見える呉服屋『越前屋』を眺めていた。

「こりゃあ旦那……」

吉五郎は、入って来た勘兵衛を迎えた。

「うむ。御苦労だな」

勘兵衛は、吉五郎を労《ねぎら》いながら窓辺に座った。

「いいえ……」

「どうだ……」

勘兵衛は、窓の外に見える呉服屋『越前屋』を眺めた。

呉服屋『越前屋』は繁盛していた。

「流石《さすが》は江戸で一、二を争う老舗、客が途絶える事はありませんね」

吉五郎は感心した。

「そうか……」

呉服屋『越前屋』は、大名や大身旗本家の御用達《ごようたし》の店であり、金蔵には千両箱が積まれていると噂されていた。

御用達の大名家の中には、尾張《おわり》国の尾張藩もあった。

尾張国尾張藩は、神君家康《しんくんいえやす》公の九男義直《よしなお》を家祖とした御三家筆頭の大名であった。それだけに、御用達の『越前屋』は格式の高い店と云えた。

「お待たせしました」

小女が軽い足取りで階段を上がり、酒と天麩羅を持って来た。

「これはこれは……」

吉五郎は、徳利《とっくり》を手にして勘兵衛に酌《しゃく》をした。

「すまぬ……」

勘兵衛は、徳利を受け取って吉五郎の猪口《ちょこ》に酒を満たした。

「畏《おそ》れいります」

勘兵衛と吉五郎は、天麩羅を肴《さかな》に酒を飲み始めた。

「して、越前屋の見取図、手に入りそうなのか……」

「それが、越前屋が建てられたのは、五十年も昔の事でして、建てた大工大政《おおまさ》の棟梁《とうりょう》の政次郎《まさじろう》さんはとっくに亡くなり、今は孫の政吉《まさきち》が代を継いでいましてね。越前屋を建てた時の見取図が残っているかどうか……」

吉五郎は首を捻《ひね》った。

「ならば見取図は当てに出来ぬか……」

「ええ。ですが、建てて五十年も経っていれば、修繕や改築をしている筈ですから、その辺から探りを入れてみます」

「そうしてくれ」

勘兵衛は頷《うなず》いた。

「承知……」

勘兵衛は、窓の外の呉服屋『越前屋』を眺めた。

「それで越前屋には、主《あるじ》の喜左衛門《きざえもん》の他にどのような者がいるのだ」

「はい。お内儀のおまつ、娘のおいとは既に嫁に行き、子供でいるのは若旦那の喜助《きすけ》だけです」

「三人家族か……」

「はい。尤《もっと》も秋には若旦那の喜助が嫁を迎えるそうです」

「そうか。して奉公人は……」

「番頭は一番番頭から五番番頭迄《まで》おりまして、一番から四番迄は、越前屋に家を買い与えられて店に通っています」

「ならば五番番頭だけが、店に住み込んでいるのか……」

「はい。五番番頭は未だ若く、四番番頭と店に来る客の相手の他に、店の開け閉めや、手代や小僧の取締りなどをしております」

「ならば、一番番頭から三番番頭は何をしているのだ」

「一番番頭は先々代からの大番頭で、旦那の喜左衛門の相談相手をしており、二番三番の番頭は御用達の大名旗本の屋敷を廻り、お得意様の相手をしているようです」

「成程《なるほど》。して、住み込みの奉公人は手代や小僧、女中に下男か……」

「はい。奉公人たちは店の二階と台所の奥の部屋。それに横手の長屋で暮らしておりまして、今の処《ところ》、住み込みの詳しい人数は未だ摑《つか》んでおりません」

呉服屋『越前屋』の奉公人は通い奉公の者もおり、その人数を見定めるのは難しかった。

「うむ。ま、いつもの通り、焦らず落ち着いてやるしかあるまい」

「はい……」

吉五郎は頷いた。

「旦那、親方……」

丈吉《じょうきち》が、階段を鳴らして上がって来た。

「おう。遅かったな。ま、一杯やりな」

吉五郎は、丈吉に猪口を渡して酒を注いだ。

「ありがとうございます。ちょいと手間取りました」

丈吉は、猪口の酒を飲んだ。

「して、何か分かったか……」

勘兵衛は、手酌で酒を飲んだ。

「はい。越前屋出入りの船頭にそれとなく訊いたんですが、四番番頭の善造《ぜんぞう》ってのが、出世を願っている割には、酒に眼がないそうですよ」

「四番番頭の善造か……」

勘兵衛は、丈吉に人柄に癖のある奉公人を捜すように命じた。

丈吉は、呉服屋『越前屋』出入りの船頭に近付き、それとなく癖のある奉公人を捜したのだ。そして、四番番頭の善造が、出世欲が強くて酒に眼がなく、何かと隙が多い男だと知った。

「はい。通い奉公を良い事に夜な夜な飲み歩いているとか……」

「付け込む隙はあるか……」

勘兵衛は笑った。

「きっと……」

丈吉は頷いた。

「よし。手代も調べてみてくれ」

「承知しました」

丈吉は頷き、酒を飲んだ。

呉服屋『越前屋』押し込みの仕度は始まったばかりだ。

落ち着いて慎重に攻める……。

勘兵衛は、己に言い聞かせながら酒を飲んだ。

盗賊眠り猫一味の呉服屋『越前屋』押し込みの企《くわだ》ては動き出した。


眠り猫の勘兵衛は、義賊でも正義感に溢《あふ》れた盗賊でもない。

有り余る程の金を持っている者から、己の必要なだけの金を盗み出す。そこには貧乏人に施す義賊的な甘さや、悪辣《あくらつ》な者たちへの制裁的な意味はない。

盗賊の本分は、押し込み先の者が悪党であろうが善人であろうが、金が有り余っている処から気付かれずに戴《いただ》くだけなのだ。

所詮《しょせん》、盗賊は盗賊……。

どのような理屈をこじつけても、それは己を満足させる為の誤魔化しであり、言い訳でしかないのだ。

只《ただ》一つ、眠り猫の勘兵衛が憎むものは、押し込み先の金を根刮《ねこそ》ぎ奪い、店の者たちを平然と殺《あや》める外道働《げどうばたら》きの盗賊だった。

外道働きの盗賊は、只の人殺しの強盗に過ぎないのだ。

勘兵衛は外道働きの盗賊を憎み、親しく付き合っている者でも容赦なく始末した。

　そうした盗賊眠り猫の勘兵衛は、一味の者たちと老舗大店《おおだな》である呉服屋『越前屋』の押し込みを企て、慎重に仕度を始めた。

　骨董屋の吉五郎は、呉服屋『越前屋』の店や母屋《おもや》の様子を探り、金蔵の場所を突き止めようとした。そして、船頭の丈吉は四番番頭の善造の他にも付け入る隙のある奉公人を捜した。

　勘兵衛は、上野元黒門町《うえのもとくろもんちょう》の口入屋《くちいれや》『恵比寿屋《えびすや》』に赴《おもむ》き、女主人のおせいに逢った。

「呉服屋の越前屋さんですか……」

「うむ。出入りしている口入屋が何処か知っているか……」

　勘兵衛は訊いた。

「さあ、確か越前屋さんは口入屋を使わずに、伝手《つて》を頼って素性《すじょう》のはっきりしている者しか雇わないと聞いておりますよ」

　おせいは眉をひそめた。

「そうか。口入屋は使っていないか……」

「ええ。何と云っても老舗の大店、素性のはっきりしない者を簡単に店の中には入れませんよ」

「越前屋、中々《なかなか》護りが固いな」

勘兵衛は苦笑した。

「素性の定かな奉公人となると、下手《へた》な真似をすれば、親兄弟は勿論《もちろん》、口利きをしてくれた者にも迷惑を掛けますからねえ」

おせいは、厳しい面持《おもも》ちで頷いた。

「うむ……」

勘兵衛は思案した。

「どうしますか……」

「よし、ならばおせい、此処《ここ》は一つ、芝居を打ってはくれぬか……」

勘兵衛は決めた。

「芝居……」

おせいは戸惑った。

「うむ。頼む……」

勘兵衛は、真顔で頷いた。

「芝居って、私が役者をやるんですか……」

おせいは、不安を過《よ》ぎらせた。

「ああ……」

勘兵衛は、楽しげな笑みを浮かべた。


夜、昼間の暑さは気怠《けだる》さに変わり、楓川《もみじがわ》に船行燈《ふなあんどん》の明かりが浮かんだ。

呉服屋『越前屋』を出た四番番頭の善造は、楓川に架かる弾正橋《だんじょうばし》を渡った松《まつ》屋町《やちょう》にある自宅に向かった。

「善造さん……」

善造が弾正橋に差し掛かった時、背後から来た女が声を掛けて来た。

善造は、怪訝《けげん》な面持ちで立ち止まった。

声を掛けて来た女は、立ち止まった善造に近寄った。

おせいだった。

「道端で呼び止めて御無礼しますよ。呉服屋越前屋の番頭の善造さんですね」

おせいは笑い掛けた。

「えっ、ええ。お前さんは……」

善造は、戸惑いながら頷いた。

「私は口入屋のおときと申しましてね。ちょいとお話があるんですが……」

おせいは、黒猫庵に手伝いに来る百姓の隠居おとき婆さんの名前を借りた。

「口入屋のおときさん……」

「ええ。立ち話もなんですから、如何《いかが》ですかその辺でお酒でも飲みながら……」

おせいは、楓川沿いの家並みの軒下で揺れている赤提灯《あかちょうちん》を示した。

「えっ。お酒を飲みながらですか……」

善造は眉をひそめた。

「あら、お酒は嫌いですか」

「いや。とんでもない……」

善造は、嬉しげに首を横に振った。

おせいは、善造を誘って赤提灯を揺らしている居酒屋に向かった。

勘兵衛が弾正橋の上に現れ、塗笠をあげておせいと善造を見送った。

居酒屋は賑わっていた。

おせいは、善造に酒を勧めた。

「じゃあ、おときさん、戴きますよ」

善造は、嬉しげに酒を飲み始めた。

「あら、随分といけるロじゃありませんか」

「えっ、まあ。で、おときさん、私に話とは何ですか……」

善造は、酒を飲みながら尋ねた。

「実はですね、善造さん。此処だけの話なのですが、京で名高い呉服屋の丹後屋《たんごや》さんが江戸店《えどだな》を出す仕度をしていましてね」

おせいは、秘密めかして小声で告げた。

「京の呉服屋の丹後屋さんが江戸店を……」

善造は、持っていた猪口を口元で止めた。

「ええ。それで、江戸店を任せられる番頭さんを捜していましてね。良い人はいないかと、頼まれて……」

おせいは、小さな笑みを浮かべた。

「捜しているんですか……」

「ええ。良い人を何人か推挙してくれと。それで、江戸で名高い呉服屋の番頭さんたちをちょいと調べさせて貰いましてね」

「じゃあ、越前屋の手前共も……」

善造は、猪口を持つ手を止めたままだった。

「そりゃあもう……」

おせいは頷いた。

「そうですか……」

善造は、手にしていた猪口の酒を飲んだ。

「それで善造さんが、京の呉服屋の丹後屋さんの雇い入れの条件に合いましてね」

おせいは笑い掛けた。

「本当ですか……」

善造は、思わず喉《のど》を鳴らした。

「ええ。如何ですか、京は丹後屋の江戸店の大番頭、いずれは主……」

おせいは囁《ささや》いた。

「おときさん、そいつはありがたいお話です。もしも、丹後屋さんに推挙して戴けるものなら、宜しくお願い致します」

善造は、猪口を置いておせいに頭を下げた。

「じゃあ善造さん、京の丹後屋さんに雇われるとなれば、直ぐに越前屋さんを辞めて貰えますね」

おせいは念を押した。

「そりゃあもう……」

善造は頷いた。

「じゃあ、本決まりになる迄は、誰にも内緒にお願いしますよ」

おせいは、笑みを浮かべて善造に酒を勧めた。

「こいつは畏れいります」

「いいえ。どうぞ……」

おせいは、善造に酌をした。

「はい……」

善造は、嬉しげに酒を飲んだ。

「処《ところ》で善造さん、越前屋はどんな具合なんですか……」

おせいは、それとなく探りを入れ始めた。

「そりゃあもう、江戸でも指折りの老舗の大店、御大名家の御用達を幾つも承《うけたまわ》っていて格式も高く、仕来《しきた》りもいろいろと厳しいのですが、それだけに商いが古臭くて……」

善造は、呉服屋『越前屋』に対する不満を洩らした。

「商いが古臭い……」

おせいは、眉をひそめてみせた。

「ええ。此処だけの話ですがね」

善造は、秘密を共有した者同士特有の親しげな笑みを浮かべて酒を飲んだ。

まんまと引っ掛かった……。

丈吉の聞き込み通り、呉服屋『越前屋』の四番番頭の善造は出世欲の強い酒好きな男だった。

これから呉服屋『越前屋』の内情をゆっくりと聞かせて貰うよ……。

おせいは、腹の内で嘲笑《あざわら》った。

居酒屋は、職人やお店者《たなもの》で賑わった。

勘兵衛は、そうした客の奥で酒を飲みながら、おせいと善造を見守っていた。

どうやら、おせいの芝居は上首尾《じょうしゅび》に進んだようだ……。

勘兵衛は見定めた。

呉服屋『越前屋』のある日本橋南具足町は、西に日本橋の通り、東に楓川、南に京橋川がある。京橋川は、楓川と交差して八丁堀《はっちょうぼり》となり、鉄砲洲《てっぽうず》から江戸《えど》湊《みなと》に流れ込んでいる。

勘兵衛は、吉五郎と共に呉服屋『越前屋』の周囲を調べた。

「やはり、退《ひ》きあげる時は舟を使うのが一番のようですね」

吉五郎は読んだ。

「そうだな……」

勘兵衛は頷いた。

「となると、舟は京橋川に架かる京橋か中《なか》ノ橋《はし》の船着場に繋《つな》ぎますか……」

「いや。少々遠いが、楓川に架かっている弾正橋の船着場が良いかもしれぬ」

「そいつは又、どうして……」

吉五郎は眉をひそめた。

「駒形町まで舟で退く時は、楓川から日本橋川、京橋川から八丁堀の二通りが早い。もし、楓川から日本橋川に出て大川を遡《さかのぼ》るなら、追手がいた時、京橋川からでは先廻りされる恐れがある」

勘兵衛は、様々な場合を想定して慎重に決めようとしていた。

「成る程……」

「ま。そうと決めるには、未だ未だ早いがな」

勘兵衛は、押し込みの企てを楽しんでいるかのように笑った。

二

昼飯時、京橋川に架かる中ノ橋の袂《たもと》にある一膳飯屋は人足や船頭で賑わっていた。

丈吉は、呉服屋『越前屋』に出入りしている中年船頭の仁助《にすけ》と丼飯を掻き込んでいた。

「へえ。じゃあ、昨夜は賭場《とば》で大儲けですか」

丈吉は、羨《うらや》ましそうに笑った。

「大儲けって程じゃあねえが、ちょいとな」

仁助は、口元から飯粒を零《こぼ》しながら嬉しげに笑った。

「で、仁助さん、いつも何処の賭場で遊んでいるんです」

「う、うん……」

仁助は言葉を濁した。

「下谷か、それとも本所《ほんじょ》ですかい……」

丈吉は食い下がった。

「此処だけの話だぜ、丈吉っつあん」

仁助は、厳しい眼で丈吉を見詰めた。

只の賭場じゃあない……。

丈吉は、仁助の様子からそう睨《にら》んだ。

「そいつはもう、口が裂けても……」

丈吉は約束した。

「実はな、丈吉っつあん……」

仁助は、辺りを窺《うかが》って声を潜めた。

「ええ……」

丈吉は、仁助の余りの警戒振りに思わず喉を鳴らした。

「賭場は越前屋の奉公人長屋にあるんだぜ」

仁助は囁いた。

「えっ……」

丈吉は驚き、思わず素《す》っ頓狂《とんきょう》な声をあげた。

「丈吉っつあん……」

仁助は、慌てて制した。

「はい。申し訳ねえ」

丈吉は詫びた。

「それにしても、奉公人長屋に賭場があるなんて驚きましたよ」

丈吉は声を潜めた。

「ま、賭場と云っても近所のお店者や人足なんかがお客のささやかなものだぜ」

仁助は苦笑した。

「で、奉公人長屋の何処にあるんですかい」

「奉公人長屋の裏に作事《さくじ》小屋があってな。そこが賭場になるって訳だ」

『越前屋』の作事小屋は、大工職人に頼む迄もない店や母屋の修繕、呉服の飾り付けや荷造りをする時の道具などを作る場所であり、敷地の一番奥にあった。

「仕切っているのは誰なんですか……」

「鹿蔵《しかぞう》って下男だぜ」

「下男の鹿蔵……」

「ああ。二番番頭の彦次郎《ひこじろう》さんの甥《おい》でな。表向きは実直な働き者だが、若い頃は博奕《ばくちう》打ちだったのに違いねえ」

仁助は睨んだ。

「へえ。奉公人の中にそんな奴がいるんですかい」

氏素性がはっきりしていても、育ちや質《たち》の悪い奴は幾らでもいる。

下男の鹿蔵は、二番番頭の彦次郎の甥として『越前屋』に奉公し、作事小屋で賭場を開いていたのだ。

「ま。他の下男や手代たちは気付いていても、面倒が怖くて見て見ぬ振りだ」

仁助は、丼飯を食べ終えて出涸《でが》らし茶をすすった。

「それはそれは。仁助さん、いつかあっしも連れて行って下さい。お願いしますぜ」

潮時だ……。

これ以上しつこく尋ねれば、仁助に不審を抱かれるかもしれない。

丈吉は、丼飯を掻き込んだ。

完璧だと思われた呉服屋『越前屋』の奉公人たちにも穴はあった。

四番番頭の善造と下男の鹿蔵……。

付け入る隙のある奉公人は、二人もいたのだ。

勘兵衛は、丈吉の報せを聞いて苦笑した。

如何に格式の高い大店でも、歳月が経って古くなればひびも出来れば塗《ぬ》りも剝《は》げる。

勘兵衛は、微《かす》かな淋しさを覚えた。

さあて、どうする……。

勘兵衛は、四番番頭の善造と下男の鹿蔵をどう使うか思案した。


日が暮れ、呉服屋『越前屋』は大戸を降ろして店を閉めた。

四番番頭の善造は、五番番頭の良吉《りょうきち》と店での商いの勘定を締め、旦那の喜左衛門と大番頭の徳兵衛《とくべえ》に帳簿と金を差し出した。そして、二番番頭の彦次郎と三番番頭の利兵衛《りへえ》は、それぞれ御用達の大名旗本や大店との取引きの報告をした。

呉服屋『越前屋』の主人の喜左衛門は、大番頭の徳兵衛、二番番頭の彦次郎、三番番頭の利兵衛、四番番頭の善造、五番番頭の良吉を労い、今日の商売を振り返り、明日の仕事の打ち合わせをして一日を終えた。

戌《いぬ》の刻五つ（午後八時）が近かった。

「どうだい善造、久し振りに一杯やらないか」

「折角のお誘いですが、今夜はちょいと用がありまして、申し訳ございません」

善造は、二番番頭の彦次郎の誘いを断って足早に店を出た。

楓川に架かる弾正橋の船着場には、明かりを灯した屋根船が繋がれていた。

足早にやって来た善造が、弾正橋の袂で辺りを見廻した。

「此処ですよ、善造さん……」

女の声が、弾正橋の下の船着場から呼んだ。

善造は、欄干《らんかん》の傍から船着場を見下ろした。

船着場に屋根船が繋がれ、おせいが微笑《ほほえ》みながら見上げていた。

「おときさん……」

善造は、慌てて弾正橋の袂から船着場に駆け下りた。

「お待たせしました。おときさん、今夜は屋根船ですか」

「ええ。夜になってもこの暑さ、涼しい川の上で一杯ってのも良いじゃありませんか……」

「そりゃあもう……」

善造は、思わず喉を鳴らした。

「じゃあ船頭さん、宜しくお願いしますよ」

おせいは、船頭に笑い掛けた。

「へい。合点です」

船頭の丈吉は頷き、竿《さお》を使って屋根船を船着場から離した。

「さあ、どうぞ……」

おせいは、善造を障子の内に入るように促《うなが》した。

「は、はい……」

善造は、障子の内に入った。

屋根船は、音もなく楓川の流れに乗った。

屋根船の障子の内には、酒と肴の仕度がしてあった。

「さあ……」

おせいは、善造に酒を勧めた。

「これはこれは……」

善造は、嬉しげにおせいの酌を受けた。

「じゃあ……」

おせいは、手酌で酒を満たした己の猪口を翳《かざ》した。

「戴きますよ」

善造とおせいは、酒を飲み始めた。

丈吉は、屋根船を日本橋川に向けて進めた。


呉服屋『越前屋』の裏木戸には、お店者や人足が出入りしていた。

裏木戸を入ると作事小屋と奉公人長屋があり、その向こうに内塀が続いていた。内塀の向こうに庭があり、母屋があった。

まるで大名や大身旗本の屋敷だ……。

錣頭巾《しころずきん》に忍び装束《しのびしょうぞく》の勘兵衛は、隣りの大店の屋根の上に潜んで見守っていた。

内塀迄は造作もなく忍び込める……。

それからどうするかは、金蔵の場所を突き止めてからだ。

裏木戸を入って来たお店者たちは、小さな明かりの洩れている作事小屋に消えて行く。

賭場が開かれている……。

勘兵衛は見定めた。

賭場を仕切っているのは、鹿蔵と云う下男だ。だが、如何に鹿蔵が元博奕打ちでささやかな賭場だとしても、一人で仕切れる筈はない。

おそらく、何処かの博奕打ちの貸元が絡んでいるのだ。

勘兵衛は睨んだ。


夏の夜の大川には、涼を求めて船遊びをする船の明かりが幾つも浮かんでいた。

丈吉の操《あやつ》る屋根船も障子を開け、涼しい川風を呼び込んでいた。

おせいは、善造に酒を勧めながら江戸の呉服屋事情を聞いていた。

「そうですか。江戸じゃあ、越前屋さんや越後屋《えちごや》さん、白木屋《しらきや》さんに松坂屋《まつざかや》さん、それに大丸《だいまる》に伊豆蔵《いずくら》ですか……」

「ええ。その辺りの大店がやはり繁盛しておりますか……」

如何に老舗大店の番頭と雖《いえど》も、四番番頭となると滅多に船遊びなどは出来ない。善造は屋根船で飲む酒を楽しんでいた。

「じゃあ、如何に京の老舗の丹後屋でも江戸での商売は中々難しいですねえ」

おせいは眉をひそめた。

「そりゃあもう。ですが、やりようはありますよ」

善造は、自信ありげな面持ちで酒を飲んだ。

「やりようですか……」

おせいは微笑んだ。

「ええ。何と云っても、京の老舗の丹後屋さんです。御大名や大身旗本の奥方さまやお姫様、それに御側室さまなどは、丹後屋さんの名前をご存知の筈です。そうした方々に着物を献上して着て戴き、お殿さまを通じて御用達に御推挙をして貰うってのは如何ですか……」

善造は、丹後屋の江戸での商売の手立てをそれなりに考えていた。

「あら、流石は善造さんですねえ」

おせいは、感心してみせた。

「いいえ。そうなるとおときさん、お殿さまに御寵愛《ごちようあい》の御側室がいるかいないか、その辺りを調べる必要がありますね」

善造は意気込んだ。

「そうですねえ……」

　おせいは頷いた。

　善造は、京の老舗呉服屋『丹後屋』の江戸店を任せて貰おうと張り切っている。

　おせいは、善造の張り切りに微《かす》かな罪悪感を覚えた。

「それで善造さん、江戸店を出すなら越前屋さんと同じ、日本橋の通りが良いと思うのですが、越前屋さんのお店の敷地はどのぐらいの広さなのですか……」

　おせいは、何気なく本題に切り込み始めた。

「そうですねえ。越前屋は五十年ぐらい前に建てられたお店でして、五百坪以上はあると思いますよ」

「五百坪……」

　敷地五百坪以上となると、千石取りの旗本屋敷と同じぐらいだ。

「きっと……」

「五百坪にお店と母屋ですか……」

「ええ。それに土蔵が四棟、奉公人長屋に作事小屋なんかがありますよ」

「作事小屋ですか……」

おせいは戸惑った。

「ええ。反物や着物を飾る台を作ったり、商売に拘《かか》わる道具なんかを作る処ですよ」

善造は笑った。

「へえ。そんなもの迄あるんですか……」

「はい。それに金蔵が二つですか……」

「金蔵が二つ……」

おせいは驚いた。

呉服屋『越前屋』には、金蔵が二つもあるのだ。

「ええ。店の奥と母屋の奥に……」

善造は、事も無げに云い放った。

「へえ。二つもあるんですか」

「店の奥の金蔵は商売用で、母屋の奥のは旦那さま用でして、お金の他に軸《じく》や茶道具などの値の張る骨董が仕舞ってあるんですよ」

店の奥の金蔵は商売用であり、母屋の奥の金蔵は『越前屋』の主個人の金とお宝があるのだ。

おせいは知った。

それだけでも、善造を船遊びに招いた甲斐がある。

「それだけのものを建てれば、五百坪の敷地も一杯ですか……」

「ええ。ですが、庭も結構な広さのものでしてね。庭をどのぐらいのものにするかにもよりますよ」

「庭ねえ……」

おせいは眉をひそめた。

「ま、いずれにしろ、今の日本橋の通りで五百坪以上の敷地で店を建てるのは、中々難しいかもしれませんね」

善造は眉をひそめた。

「じゃあ、善造さんはどの辺りが良いとお思いですか……」

「そうですねえ。日本橋の通りに拘《こだわ》るのなら、神田《かんだ》八《や》ッ小路《こうじ》か芝口《しばぐち》辺りなどは如何ですか」

「神田八ッ小路か芝口ですか……」

「ええ、如何ですかねえ……」

「分かりました。京の丹後屋さんにそう報せます。本当に善造さんのお話にはいろいろと教えられます。ありがとうございます」

おせいは微笑んだ。

「いいえ。御役に立てれば何よりです」

善造は、又一歩丹後屋の江戸店に近付いたと笑みを浮かべた。

屋根船には、大川を渡る夜風が涼やかに吹き抜けた。


亥《い》の刻四つ半（午後十一時）が過ぎた。

呉服屋『越前屋』の裏木戸が開き、お店者たちが帰り始めた。

翌日の奉公を考え、作事小屋の賭場の御開きは早いようだ。

勘兵衛は見守った。

客が帰って四半刻（三十分）が過ぎた頃、裏木戸が再び開いた。そして、眼付きの鋭い二人の男と四角い風呂敷包みを背負った若い男が出て来た。

博奕打ち……。

眼付きの鋭い二人の内の一人は壺振《つぼふ》りで、若い男は三下《さんした》で四角い風呂敷包みの中身は金だ。

勘兵衛は読んだ。

博奕打ちたちは、楓川沿いの道に足早に向かった。

何処の博奕打ちか突き止める……。

勘兵衛は、尾行を開始した。

町木戸は、亥の刻四つ（午後十時）に既に閉められている。

博奕打ちたちは、町木戸のない裏通りや路地を巧みに通って日本橋に進んだ。

勘兵衛は追った。


日本橋川に船の明かりは既になかった。

博奕打ちたちは江戸橋《えどばし》を渡り、直ぐに西堀留川《にしほりどめがわ》に架かっている荒布橋《あらめばし》を渡った。そして、小網町《こあみちょう》一丁目に進んだ。

勘兵衛は、暗がり伝いに慎重に追った。

博奕打ちたちは、東堀留川《ひがしほりどめがわ》に架かっている思案橋《しあんばし》を渡り、小網町二丁目にある大戸の閉められた店に寄り、潜り戸を小さく叩いた。

僅かな刻が過ぎ、潜り戸が開いた。

博奕打ちたちは、大戸の閉められていた店に入って行った。

勘兵衛は見届けた。

呉服屋『越前屋』に金蔵は二つある。

「店の奥と母屋の奥か……」

勘兵衛は、隣りの大店の屋根から見て作った大雑把《おおざっぱ》な見取図を広げ、店と母屋の奥に印を付けた。

「はい。店の奥の金蔵は商売用で、母屋の奥の金蔵は喜左衛門旦那のお金や骨董のお宝が仕舞ってあるそうですよ」

おせいは告げた。

「金蔵が二つとは、流石に老舗の大店ですね」

丈吉は感心した。

「で、お頭《かしら》、破るのは旦那の喜左衛門の金蔵ですか……」

吉五郎は尋ねた。

「ああ。主の喜左衛門の金蔵なら幾ら盗んでも、店の商売に拘わりはあるまい」

勘兵衛は苦笑した。

「となると母屋の奥、忍び口は庭ですね」

丈吉は読んだ。

「うむ。作事小屋と奉公人長屋に続く裏木戸から入り、内塀を越えて母屋の庭に忍び込む」

勘兵衛は、忍び込みの道筋を告げた。

「作事小屋の賭場は使いますか……」

「賭場を使うかどうかは未だ決めておらぬが、下男の鹿蔵は使えるかもしれぬ」

「で、鹿蔵と連《つる》んでいる博奕打ちは、小網町二丁目の家にいるんですね」

吉五郎は眉をひそめた。

「うむ。心当りはあるか……」

「いいえ」

「俺もありません」

吉五郎と丈吉は、小網町二丁目の博奕打ちに心当りはなかった。

「そうか……」

「素性、探ってみますか……」

吉五郎は、僅かに身を乗り出した。

「そうしてくれ」

勘兵衛は頷いた。

老舗大店の呉服屋『越前屋』の押し込みの仕度は順調に進んでいた。

小網町二丁目は、日本橋川と東堀留川の交差する処にある。

吉五郎は、勘兵衛に聞いた店を窺った。

店は大戸を開けており、土間の長押《なげし》に丸に五の一文字の書かれた提灯が並べられていた。

此処《ここ》だな……。

吉五郎は、博奕打ちの貸元の家だと見定め、思案橋の袂にある小さな煙草屋《たばこや》の暖簾を潜った。

「おいでなさい……」

煙草屋の店番の老婆は、歯の抜けた口元を綻《ほころ》ばせて吉五郎を迎えた。

「婆さん、国分《こくぶ》の刻《きざ》みを一袋貰おうか……」

「はい。八文ですよ」

婆さんは、刻み煙草の袋を吉五郎に差し出し、代金を貰った。

「ちょいと一服させて貰うよ」

「ああ。どうぞ……」

吉五郎は、店の前の縁台に腰掛け、煙草入れから煙管《きせる》を取り出した。そして、縁台にあった煙草盆の火を使って煙草を吸い始めた。

「婆さん、毎日、暑いねえ」

吉五郎は、煙草を燻《くゆ》らしながら店番の婆さんに声を掛けた。

「ああ。たまらないねえ」

老婆は、眩しげに店の外を眺めた。

「処で婆さん、此の先に店のある博奕打ちの貸元、何て云うんだい」

「五郎八《ごろはち》だよ」

「五郎八……」

吉五郎は眉をひそめた。

「ああ。小網町の五郎八って小生意気な餓鬼だったんだが、近頃、生意気に店を構えて博奕打ちの貸元面をし始めやがってねえ」

老婆は、博奕打ちの貸元を子供扱いした。

「そうか、小網町の五郎八って奴かい……」

吉五郎は苦笑した。

三

呉服屋『越前屋』喜左衛門は、数代続く老舗大店の当主らしく恰幅《かっぷく》の良い鷹揚《おうよう》な男だった。

商売も衒《てら》うわけでもなく、真っ当なものだった。そして、何事も大番頭の徳兵衛に相談して商売を進めていた。

喜左衛門の鷹揚さは、臆病で慎重なだけなのかもしれない。

勘兵衛は、丈吉と共に喜左衛門の毎日の動きを見守った。

喜左衛門は、商売の殆どを五人の番頭に任せ、店に出たり、御用達の大名旗本家に行くことは余りなかった。

「じゃあ、喜左衛門の旦那さま、毎日何をされているんですか……」

おせいは、四番番頭の善造に尋ねた。

「お茶をやって、骨董品を眺めていらっしゃいますよ」

善造は苦笑した。

「お茶に骨董品。道楽ですか……」

おせいは眉をひそめた。

「ええ。お茶は千家流《せんけりゅう》、書は藤原定家《ふじわらのていか》、画は雪舟《せっしゅう》のものなどをお好みになられ、茶道具も織部《おりべ》など名のある値打ち物が多いそうですよ」

「じゃあ、そうした書画骨董は旦那さまの奥の金蔵に……」

「ええ。大切に仕舞ってありますよ」

善造は頷いた。

「流石は越前屋の旦那さまですねえ」

おせいは感心した。

「ですがおときさん、御用達の御大名や御旗本には、同じように書画骨董に眼のない方がおいでになりましてね。話が弾んで商売に繋がる事もあるんですよ」

善造は苦笑した。

「そうですか、道楽も商売の役に立つ事があるんですねえ」

おせいは感心した。

昼が過ぎた頃、呉服屋『越前屋』の主の喜左衛門は町駕籠に乗り、手代を供にして出掛けた。

勘兵衛は、丈吉と共に喜左衛門を追った。

喜左衛門の乗った町駕籠は、手代を供に日本橋の通りを神田八ッ小路に向かった。そして、神田川に架かる昌平橋《しょうへいばし》を渡り、神田明神《かんだみょうじん》の前を抜けて本郷《ほんごう》の通りに進んだ。

「何処に行くんですかね」

「うむ……」

勘兵衛と丈吉は追った。

喜左衛門の乗った町駕籠は、手代を従えて本郷の通りを進んだ。

加賀《かが》国金沢《かなざわ》藩の江戸上屋敷が、行く手に見えて来た。

喜左衛門の乗った町駕籠は、金沢藩江戸上屋敷の前に停まった。

金沢藩江戸屋敷の表門は閉まっていた。

手代は、表門脇の潜り戸を叩いて何事かを告げた。

喜左衛門は、四角い風呂敷包みを抱えて町駕籠を降りた。

表門脇の潜り戸が開き、喜左衛門と手代は金沢藩江戸上屋敷に入った。

「金沢藩の江戸上屋敷ですか……」

丈吉は、金沢藩江戸上屋敷を見上げた。

「うむ。金沢藩も越前屋を御用達にしている大名だな」

「はい。旦那の喜左衛門、商売に来たんですかね」

「いや。商売なら番頭も一緒の筈だし、手代が着物や反物を持って来る筈だ」

勘兵衛は、喜左衛門が商売で来たのではないと読んだ。

「じゃあ、商売じゃないとなると……」

丈吉は眉をひそめた。

「喜左衛門が抱えていた四角い風呂敷包みは、おそらく骨董品か茶道具だろう」

勘兵衛は睨んだ。

「じゃあ、道楽で来たのですか……」

「おそらくな……」

勘兵衛は、喜左衛門が金沢藩の殿さまに骨董の類《たぐい》の物を見せに来たのだと読んだ。

金沢藩前田《まえだ》家の殿さまは、書画骨董を好む好事家《こうずか》なのだ。

勘兵衛は知った。

「どうしますか……」

「うん。町駕籠を待たせてある処をみると長くは掛からないのだろう」

勘兵衛は、金沢藩江戸上屋敷の門前の外れで一服している町駕籠の駕籠舁《かごか》きを示した。

「じゃあ、私たちも……」

丈吉は頷いた。

「待ってみよう」

「はい」

勘兵衛と丈吉は、菊坂台町《きくざかだいまち》に連なる家並みの路地に入り、向かい側に見える金沢藩江戸上屋敷を見張り始めた。

半刻（一時間）が過ぎた。

喜左衛門と手代が、金沢藩江戸上屋敷から出て来た。

「お頭……」

「うむ……」

勘兵衛は見守った。

町駕籠に乗り込む喜左衛門は、四角い風呂敷包みを持っていなかった。

骨董品は、前田家の殿さまの許に残してきた……。

勘兵衛は読んだ。

喜左衛門の乗った町駕籠は、本郷の通りを戻り始めた。

勘兵衛と丈吉は尾行《つけ》た。

「真っ直ぐ越前屋に帰るんですかね」

「さあな……」

勘兵衛は、先を行く喜左衛門の乗った町駕籠を見据えていた。

町駕籠は、本郷の通りを戻って北《きた》ノ天神《てんじん》の前で切通《きりどお》しに曲がった。そして、金沢藩江戸上屋敷の南側の土塀沿いを進み、春日局《かすがのつぼね》の菩提寺《ぼだいじ》である天沢山麟祥院《りんしょういん》の手前を北に曲がり、越後《えちご》国高田《たかだ》藩江戸中屋敷の裏から横手の道を東に進んだ。

行く手に不忍池《しのばずのいけ》が煌めいていた。

喜左衛門を乗せた町駕籠は、不忍池の畔《ほとり》に出て北に進み、横手に背の高い垣根が続く寮の木戸門を潜った。

手代が寮の奥に声を掛けると、老爺と若い下男が出迎えに現れた。

喜左衛門は、町駕籠を降りて老爺と何事かを話しながら寮に入って行った。

勘兵衛と丈吉は見届けた。

「越前屋の寮ですかね……」

「うむ……」

勘兵衛と丈吉は、寮を窺った。

手代は、駕籠舁きたちに酒手《さかて》を渡して町駕籠を帰した。

「旦那、寮に泊まるんですかね」

丈吉は、微かな戸惑いを覚えた。

「丈吉、こいつは只の寮じゃあるまい」

勘兵衛は、小さな笑みを浮かべた。

「えっ……」

「丈吉、駕籠舁きに金を握らせ、誰が住んでいて喜左衛門がいつ来るのか、聞き出してこい」

勘兵衛は命じた。

「承知……」

丈吉は、町駕籠を追った。

勘兵衛は見送り、寮の裏手に廻った。

寮の裏手には、背の高い黒板塀が廻されていた。

さあて、どうする……。

勘兵衛は、背の高い黒板塀を見上げた。

寮は静けさに覆《おお》われていた。


丈吉は、不忍池の畔で町駕籠に追い付いた。そして、駕籠舁きたちに素早く一朱金を握らせた。

一朱金は十六分の一両であり、庶民には大金だ。

「あ、兄い。こいつは……」

駕籠舁きたちは驚き、戸惑った。

「ちょいと聞きたい事がありましてね」

丈吉は、親しげな笑みを浮かべた。

「聞きたい事……」

駕籠舁きたちは、困惑を浮かべた。

「ああ。此処だけの話でね」

丈吉は、秘密めかして頷いた。

「兄い。本当に此処だけの話なんだね」

駕籠舁きは、探るように尋ねた。

「ああ。俺はお前さんたちに聞いた事を忘れる。だから、お前さんたちも俺に訊かれた事を忘れてくれ」

「分かった。何でも訊いてくれ」

駕籠舁きは、覚悟を決めたように一朱金を固く握り締めた。

「いえね。お前さんたちが出て来た越前屋さんの寮には、誰が住んでいるんだい」

丈吉は、肝心な事の質問を始めた。

「おりょうさまと仰《おつしや》る方が住んでいると聞いた事があるぜ」

駕籠舁きたちは、顔を見合わせながら告げた。

「おりょうさま……」

丈吉は気付いた。

寮には、おりょうと云う名の喜左衛門の妾《めかけ》が暮らしているのだ。

「そりゃあもう、色っぽい年増《としま》だぜ」

駕籠舁きは、意味ありげな笑みを浮かべて頷いた。

「そう云う事か……」

丈吉は苦笑した。

「ああ……」

「それで、喜左衛門の旦那は、おりょうさまのいるあの寮に何日置きに来ているのかな」

「決まっちゃあいないが、俺たちが呼ばれるのは五日から十日置きかな」

「うん。今日は十日振りだったから、おそらく次ぎは五日後ぐらいかな」

「ああ、きっとな……」

駕籠舁きたちは読んだ。

「そうかい。次ぎは五日後かもしれねえか……」

丈吉は頷いた。

寮は呉服屋『越前屋』のものであり、留守番の老夫婦と若い下男、そして物静かな年増が住んでいた。

物静かな年増は、呉服屋『越前屋』の主の喜左衛門の囲《かこ》われ者、妾なのだ。

勘兵衛は睨んだ。

「お頭……」

丈吉が戻って来た。

「おお、妾の名前、分かったか……」

勘兵衛は訊いた。

「おりょうですが、気が付きましたか……」

丈吉は笑った。

「うむ。裏の寺の小坊主にちょいとな。して、駕籠舁きはどうだった……」

「はい……」

丈吉は、駕籠舁きたちに聞いた話を勘兵衛に告げた。

「ならば駕籠舁きたちは、五日後に又、此処に来るかもしれぬと読んでいるのか……」

勘兵衛は眉をひそめた。

「はい……」

丈吉は頷いた。

「五日後か……」

勘兵衛は、背の高い垣根の寮を眺めた。

呉服屋『越前屋』の主の喜左衛門の金蔵は母屋の奥にあり、金や書画骨董の品が納められている。そして、喜左衛門は五日から十日おきに不忍池の畔の寮にいる妾のおりょうを訪ねていた。

勘兵衛は、調べあげた事を吟味《ぎんみ》して押し込みの日を決めようとした。

母屋の奥の喜左衛門の金蔵は、喜左衛門の部屋と近い筈だ。

その近い部屋に喜左衛門がいない時が、押し込んで金蔵を破るのには都合が良い。

押し込みは、喜左衛門が妾のおりょうの住む寮に行く夜……。

勘兵衛は決めた。

しかし、今一つはっきりしないのは、母屋の奥の金蔵の場所だった。

これ以上、四番番頭の善造に母屋の金蔵の詳しい場所を訊くのは怪しまれるだけだ。

「じゃあ、どうします」

おせいは眉をひそめた。

「吉五郎、下男の鹿蔵と連んでいるのは、小網町の五郎八と云う博奕打ちなのだな」

「はい……」

吉五郎は頷いた。

「よし。五郎八を使って鹿蔵を呼び出し、聞き出すしかあるまい」

勘兵衛は冷たく笑った。


夜の京橋川には月影が映えていた。

下男の鹿蔵は、京橋川に架かっている中ノ橋に小走りにやって来た。

中ノ橋の袂には誰もいなかった。

「貸元、五郎八の貸元……」

鹿蔵は、怪訝な面持ちで博奕打ちの貸元の五郎八を捜した。

「鹿蔵か……」

塗笠を被った勘兵衛が、中ノ橋の下の船着場から現れた。

「お前さんは……」

鹿蔵は、勘兵衛に警戒の眼差しを向けた。

「五郎八に頼まれて来た」

「貸元に……」

「うむ」

「で、何ですか……」

鹿蔵は、警戒を緩めずに訊いた。

「作事小屋の賭場が気付かれたようだ」

「えっ……」

鹿蔵は驚いた。

「それ故、暫《しばら》く賭場は開かぬが、万が一の時は旦那の喜左衛門と秘かに談合しなければならぬそうだ」

「旦那さまと……」

鹿蔵は戸惑った。

「うむ。穏便《おんびん》に済まして貰う為にな。さもなければ、五郎八もお前も首が飛ぶ……」

勘兵衛は脅した。

「そんな……」

鹿蔵は、怯《おび》えを露《あらわ》にした。

「して、喜左衛門の部屋は母屋の奥と聞いているが、廊下の突き当たりか……」

「いえ。突き当たりは旦那さまの金蔵で、その手前が旦那さまのお部屋です」

鹿蔵は、喉を引《ひ》き攣《つ》らせて嗄《しゃが》れ声を震わせた。

喜左衛門の金蔵は、母屋の廊下の突き当たり……。

勘兵衛は知った。

「そうか。分かった。暫くはお互いに繋ぎを取らず、大人しくしていろとの事だ。良いな」

「へい……」

鹿蔵は、嗄れ声を震わせて頷いた。

「よし。分かったならば、作事小屋に帰って大人しく寝るんだな」

「へい。じゃあ……」

鹿蔵は、勘兵衛に頭を下げて駆け去った。

勘兵衛は見送り、中ノ橋の下の船着場に降りた。

船着場には、丈吉が猪牙舟《ちょきぶね》で待っていた。

「上首尾でしたね」

「うむ。ならば、小網町の五郎八の店に行ってくれ」

勘兵衛は、猪牙舟に乗った。

「承知……」

丈吉は、勘兵衛を乗せた猪牙舟を船着場から離した。

流れに映えていた月影が揺れて散った。


呉服屋『越前屋』の主の喜左衛門の金蔵は、睨み通り母屋の廊下の突き当たりだ。

喜左衛門が妾のおりょうの処に行く夜、押し込みを決行する。

勘兵衛は、猪牙舟の舳先《へさき》に座り、行く手の闇を見据えた。

丈吉の漕《こ》ぐ猪牙舟は、日本橋川に向かって楓川を音もなく進んだ。


小網町二丁目の五郎八の店は、雨戸を閉めて眠り込んでいた。

塗笠を目深に被った勘兵衛は、鼾《いびき》を掻《か》いて眠ている五郎八の枕を蹴飛ばした。

博奕打ちの貸元の五郎八は驚き、跳ね起きようとした。

刹那《せつな》、勘兵衛は五郎八を蹴り飛ばした。

五郎八は、蒲団に激しく叩き付けられた。

勘兵衛は、五郎八の顔に刀を突き付けた。

五郎八は、恐怖に眼を見開いて震えた。

「五郎八、越前屋の賭場から手を引け、さもなければ……」

勘兵衛は、五郎八の髷《まげ》を刀で切り落とした。

髪を切る鈍い音がした。

五郎八は息を飲んだ。

「次ぎは首を斬り落とす」

勘兵衛は脅した。

「わ、分かりました」

「分かったなら、今後一切鹿蔵と繋ぎを取らず、拘わりを持つな。良いな……」

「へい……」

五郎八は声を嗄らした。

「もし、嘘偽りを申したなら、次ぎは首を貰い受けに来る」

勘兵衛は、厳しく告げて刀を鞘《さや》に納め、鞘尻《さやじり》を五郎八の鳩尾《みぞおち》に叩き込んだ。

五郎八は、苦し気に呻《うめ》いて気を失った。

勘兵衛は、音もなく消え去った。

呉服屋『越前屋』の押し込みの仕度は整った。

主の喜左衛門が、不忍池の畔に住む妾のおりょうの処に行く夜に押し込み、母屋の廊下の突き当たりにある金蔵を破る。

勘兵衛は、吉五郎と丈吉に呉服屋『越前屋』を見張らせ、喜左衛門が不忍池の畔のおりょうの処に行く夜を見定めるように命じた。

喜左衛門がおりょうの処に行けば、帰って来るのは翌日の昼過ぎだ。

押し込みの刻は充分にある……。

勘兵衛は黒猫庵に戻り、老黒猫と広い縁側で居眠りをして吉五郎たちの報せを待った。


何事もなく三日が過ぎた。

寝ていた老黒猫が眼を覚まし、木戸を見詰めて野太い声で鳴いた。

来たか……。

勘兵衛は、丈吉が報せに来たのに気付いた。

「旦那……」

木戸に丈吉が現れた。

「入るが良い」

「御免なすって……」

丈吉が、庭先に入って来た。

「喜左衛門、おりょうの処に出掛けたか……」

「きっと。この前と同じ町駕籠に乗って出掛けましてね。吉五郎の親方が追いました」

吉五郎は、喜左衛門がおりょうの許に行くのを見届け、もしも思わぬ動きをした時に報せる役目を担っていた。

「そうか……」

「はい。で、山谷堀《さんやぼり》に屋根船を……」

「よし、ならば出掛けるか……」

勘兵衛は、着替えに座敷に入った。

「よう。達者だったか……」

丈吉は、老黒猫と遊び始めた。

呉服屋『越前屋』押し込みの日が来た。

勘兵衛は、丈吉の漕ぐ屋根船に乗って京橋に向かった。

屋根船は、夏の陽差しに眩しく輝く山谷堀を進んだ。

四

勘兵衛は、斜向《はすむ》かいの蕎麦屋の二階の座敷にあがり、呉服屋『越前屋』を見下ろした。

呉服屋『越前屋』は、いつも通りに商売をしていた。

丈吉が、屋根船を楓川に架かっている弾正橋の船着場に舫《もや》って来た。

「如何ですか……」

「変わりはないようだ」

「そうですか。吉五郎の親方が戻って来ていない処をみると、喜左衛門の旦那、やはり妾のおりょうの処に行ったようですね」

「うむ。間違いあるまい」

勘兵衛は頷いた。

陽は西に大きく傾き、日暮れは近かった。

勘兵衛は、丈吉と共に呉服屋『越前屋』を見張り続けた。

手代が足早に帰って来た。

おりょうの許を訪れた喜左衛門が、お供の手代を帰したのだ。

「喜左衛門の旦那、妾のおりょうの処で間違いないようですね」

丈吉は読んだ。

「うむ……」

喜左衛門がお供の手代を帰したのは、今夜は店に帰らないとの証《あかし》だった。

勘兵衛は見定めた。

呉服屋『越前屋』に変わった様子がないまま日は暮れた。

四番番頭の善造と五番番頭の良吉、そして手代たちは、客を見送って店仕舞いを始めた。

店仕舞いは手際良く進められ、呉服屋『越前屋』は大戸を閉めた。

押し込みの夜は、静かに始まった。

勘兵衛と丈吉は、蕎麦屋を出て呉服屋『越前屋』の横手に廻った。

横手の高い板塀の木戸門から、大番頭の徳兵衛、二番番頭の彦次郎、三番番頭の利兵衛たちが自分の家に帰った。そして、四半刻後に四番番頭の善造と通い奉公の者たちが帰って行った。

変わった事はない……。

勘兵衛と丈吉は見守った。

戌の刻五つ（午後八時）が過ぎた時、下男たちが横手の木戸門を閉めた。

勘兵衛は見届けた。

丈吉が、裏手からやって来た。

「鹿蔵が裏木戸を閉めました」

「そうか……」

呉服屋『越前屋』は、すべての木戸の戸締まりを終えて眠りに就《つ》く。

「じゃあ、あっしが見張ります。お頭は押し込みまで休んで下さい」

丈吉は、押し込み迄の間に変わった事が起きた場合に備え、見張りを続けるのだ。

「そうか。ではな……」

勘兵衛は、丈吉を残して弾正橋の船着場に舫った屋根船に戻った。

屋根船は、楓川の緩やかな流れに揺れていた。

木戸番が、子《ね》の刻九つ（午前零時）を告げながら夜廻りをしていった。

押し込みの刻限だ……。

忍び装束に身を固めた勘兵衛は、忍び刀を背負って錏頭巾を被った。

「お頭……」

丈吉が、屋根船の障子の外に控えた。

「うむ……」

「越前屋に変わった事はありません」

丈吉は、緊張した声音で告げた。

「よし……」

勘兵衛は、船行燈の火を吹き消した。

勘兵衛は、呉服屋『越前屋』を窺った。

呉服屋『越前屋』に人の起きている気配は窺えず、夜の闇に覆われて眠っている。

勘兵衛は見定めた。

「よし。行ってくる」

「はい」

丈吉は腰を僅かに沈め、高い板塀を背にして両手を組んだ。

勘兵衛は、丈吉の組んだ両手に片足を乗せた。

次ぎの瞬間、丈吉は反動を付けて勘兵衛を背後に大きく跳ね上げた。

勘兵衛は、夜空を跳んで高い板塀の向こう側に消えた。

丈吉は、辺りを窺った。

人影も気配もない……。

丈吉は、暗がりに潜んで勘兵衛の戻るのを待った。


奉公人長屋と作事小屋は暗く、奉公人たちは眠っていた。

勘兵衛は、暗がりに潜んで見定めた。そして、奉公人長屋の前を駆け抜けて内塀の木戸の横に張り付いた。

勘兵衛は、内塀を乗り越えた。

内塀を乗り越えた処は、奥庭の外れだった。

勘兵衛は、暗い奥庭を透かし見た。

暗い奥庭に人気《ひとけ》はなく、不審な処もなかった。

勘兵衛は、店から続く母屋を窺った。

母屋は雨戸が閉められていた。

喜左衛門の金蔵は、母屋の廊下の突き当たりだ。

勘兵衛は、母屋の奥に走った。そして、一番奥の雨戸を開けようとした。だが、雨戸には猿《さる》が掛けられているのか、開く事はなかった。

勘兵衛は、問外《といかき》を使って猿を外し、雨戸を僅かに開けて中を窺った。

雨戸の内には廊下が続き、店側に暗い座敷が連なっていた。

連なる座敷からは、人の寝息が微かに洩れていた。

勘兵衛は、洩れてくる人の寝息を窺った。

寝息は一定の間隔で続き、不審な事はない。

勘兵衛は見定めた。

眼の前の座敷は暗く、寝ている人の気配はなかった。

主の喜左衛門の部屋だ。

勘兵衛は、廊下の反対側を窺った。

反対側は突き当たりで、頑丈《がんじょう》な戸があった。

喜左衛門の金蔵……。

勘兵衛は、素早く廊下に上がって雨戸を閉めた。そして、素早く金蔵の頑丈な戸に寄り、店側の廊下を窺った。

店側の廊下に異変はない。

勘兵衛は、金蔵の頑丈な戸を開けようとした。だが、錠が掛けられているらしく頑丈な戸は動きはしなかった。

錠前はなく、頑丈な戸に組み込まれた鍵だ。

勘兵衛は、頑丈な戸を調べた。そして、頑丈な戸の端に鍵穴を見付けた。

鍵穴は二分程の直径だった。

勘兵衛は、鎖子抜《かけがねぬき》の先を鍵穴に差し込んで探った。

鎖子抜は、長さ六寸程で平たく、手元から先に行く程に細くなり、戸の外側から掛金を外す道具だ。

鍵穴の中には、六角形の突起があった。

六角形の突起を鍵で廻し、掛金を柱の受けに掛ける仕組みだ。

勘兵衛は読み、頑丈な戸と柱の間に鎖子抜を差し込み、掛金を探った。

鉄の当たる音が微かに鳴った。
掛金だ……。
勘兵衛は、鎖子抜を力を込めて引き上げた。
掛金はあがった。
勘兵衛は、尚も力を込めて鎖子抜をあげた。
掛金があがり、不意に外れた。
勘兵衛は、敷居に油を薄く流し込み、頑丈な戸をゆっくりと開けた。
頑丈な戸は音もなく開いた。
勘兵衛は素早く中に入り、頑丈な戸を閉めた。
金蔵に明かり取りの窓はなく、暗かった。
勘兵衛は、折り畳みの小さな龕燈《がんどう》を出して火を灯した。
金蔵の中に別の板戸があり、錠前が掛けられていた。
勘兵衛は、錠前外しを使って錠前を外して板戸を開け、小さな龕燈で中を照らした。
中には棚があり、千両箱や桐箱や軸箱などがあった。
勘兵衛は、中に入って千両箱から二百両の小判を盗り、革袋に入れて腰に結んだ。

押し込みは上首尾に終わった。

勘兵衛は、眠り猫の千社札《せんじゃふだ》を暗い天井に貼り、金蔵を出ようとした。だが、棚の上に置かれた桐箱や軸箱の中に風呂敷に包まれた蒔絵《まきえ》の刀箱があるのに気付いた。

刀箱……。

商人の金蔵に刀箱は似合わない。

勘兵衛は、思わず刀箱の風呂敷を解いた。

風呂敷の中には、加賀梅鉢《かがうめばち》の紋が描かれた蒔絵の刀箱があった。

加賀梅鉢の紋所……。

金沢藩前田家の家紋だ。

勘兵衛は、戸惑うと共に興味を抱いた。

加賀梅鉢の紋の蒔絵の刀箱は、長さ一尺三寸程でずっしりとした重さがあった。

戴く……。

勘兵衛は、蒔絵の刀箱を風呂敷に包み直して小脇に抱え、小さな龕燈の火を消して金蔵を出た。

母屋の廊下は暗く、忍び込んだ時と変わりはなかった。

勘兵衛は、金蔵の頑丈な戸を閉めて鎖子抜を使って掛金を掛けた。そして、雨戸から奥庭に出た。

退《の》き口《ぐち》は忍び口と同じ……。

勘兵衛は、忍び込んで来た道筋を戻った。

呉服屋『越前屋』の裏手の高い板塀の木戸が開き、勘兵衛が出て来た。

丈吉が暗がりから現れ、勘兵衛に駆け寄った。

勘兵衛は、抱えていた風呂敷に包んだ刀箱を丈吉に渡し、楓川に架かる弾正橋の船着場に走った。

丈吉は、小判以外の物を盗って来た勘兵衛に戸惑いながらも風呂敷包みを抱えて続いた。

丈吉は、勘兵衛を乗せた屋根船を弾正橋の船着場から離し、楓川の流れに乗せた。

楓川は暗く、緩やかに流れていた。

屋根船は、櫓《ろ》の軋《きし》みもあげずに楓川を進んだ。

盗賊眠り猫一味による老舗呉服屋『越前屋』の押し込みは終わった。

行燈の火は、仄《ほの》かに辺りを照らしていた。

勘兵衛は、加賀梅鉢の紋所の描かれた刀箱の蓋《ふた》を開けた。

刀箱の中には、白鞘の短刀が入っていた。

勘兵衛は、白鞘の短刀を静かに抜いた。

短刀は、行燈の明かりを受けて妖しい輝きを放った。

刃長は九寸一分。反りは五厘弱、元幅は八分……。

勘兵衛は、短刀の刀身を読んだ。

刀箱の中には、古い折紙《おりがみ》が入っていた。

勘兵衛は、古い折紙を開いた。

古い折紙には、短刀が伊勢《いせ》国桑名《くわな》住人村正《むらまさ》の作と書き記され、目利き人は本阿《ほんあ》弥光悦《みこうえつ》とされていた。

村正の短刀……。

勘兵衛は、微かな緊張を浮かべた。

村正は名刀ながら、徳川将軍家に禍《わざわい》を及ぼす妖刀として恐れられていた。

徳川家が村正を妖刀として恐れたのは、家康の祖父清康《きよやす》と子信康《のぶやす》の死、父広忠《ひろただ》と家康自身の負傷に深く拘わっていたからだ。以来、徳川家は村正を家に禍を及ぼす妖刀として忌み嫌い、諸大名にも所持を憚《はばか》らせた。そして、村正を秘かに所持する大名は、徳川将軍家に対する謀心ありと疑われた。

勘兵衛は、刀箱の底にあった書付けを読んだ。

書付けには、村正の短刀は子供の頃の家康を負傷させたものだと記され、金沢藩藩祖の前田利家《としいえ》の署名と花押《かおう》があった。

勘兵衛は、白鞘の短刀の謂《いわ》れに緊張しながら、短刀の目釘《めくぎ》を外して茎《なかご》に彫られた銘を探した。

茎に彫られた銘は、村正の二文字だった。

「村正……」

勘兵衛は、村正の刀身を見詰めて思わず呟《つぶや》いた。

何故、村正の短刀が呉服屋『越前屋』の主喜左衛門の金蔵にあったのか……。

勘兵衛は眉をひそめた。

村正の短刀は、行燈の仄かな明かりを受けて妖気を漂わせていた。

駒形堂《こまがたどう》裏の仕舞屋《しもたや》には、大川を行き交う船の櫓の軋みが響いていた。

勘兵衛は、呉服屋『越前屋』から盗んで来た二百両の金を五十両ずつ四つに分けた。そして、その三つを吉五郎、おせい、丈吉に差し出し、残りの一つを己が取った。

「みんな、御苦労だったな。おせい、四番番頭の善造には呉々《くれぐれ》も気を付けろ」

騙《だま》されたと気付いた善造は、何をしでかすか分からない。

勘兵衛は、おせいを心配した。

「はい。暫くは京橋には近付きませんよ」

おせいは苦笑した。

「うむ。して吉五郎、喜左衛門はどうした」

「昨夜は不忍池の畔のおりょうの処に泊まり、今朝方、下男をお供に町駕籠で帰りましたよ」

吉五郎は、昨夜一晩、不忍池の畔に潜んで喜左衛門を見張った。

「そうか……」

勘兵衛は頷いた。

「処でお頭、小判と一緒に盗んだ物は、何なんですか……」

丈吉は、細長い箱の風呂敷包みを思い出し、興味深げに尋ねた。

「へえ、お頭が小判以外の物を盗み出すとは珍しいですね」

おせいは戸惑った。

「うむ。つい手が伸びてな……」

勘兵衛は苦笑した。

「ほう。喜左衛門の旦那のお宝ですか……」

「うむ……」

勘兵衛は、加賀梅鉢の紋所の描かれた刀箱を出した。

「加賀梅鉢、加賀の前田さまの家紋ですね」

吉五郎は、加賀梅鉢の紋所が加賀前田家のものだと知っていた。

「うむ……」

「脇差《わきざし》ですか……」

吉五郎は、刀箱の長さから中に納められている物を読んだ。

「短刀だ」

勘兵衛は、刀箱の蓋を開けて白鞘の短刀を出して見せた。

「名のある物なのですか……」

吉五郎は眉をひそめた。

「伊勢国桑名の刀工村正の作で、子供の頃の神君家康公に怪我をさせたとされる短刀だそうだ」

勘兵衛は、小さな笑みを浮かべた。

「村正の短刀……」

吉五郎は、村正の刀がどのようなものか知っているらしく、眉をひそめた。

「へえ、凄い曰《いわ》くのある短刀なんですね」

丈吉は感心した。

「うむ……」

勘兵衛は、村正の刀と徳川家との拘わりを話して聞かせた。

「へえ、徳川家に祟《たた》っている短刀ですか……」

丈吉は眉をひそめた。

「うむ……」

勘兵衛は頷いた。

「お頭、折紙は……」

吉五郎は、短刀が本当に村正のものかどうか気にした。

「本阿弥光悦の折紙がある」

勘兵衛は、折紙を吉五郎に渡した。

吉五郎は、厳しい面持ちで折紙を読んだ。

「で、銘は……」

「茎に村正と刻まれている」

「そうですか……」

「それにしてもお頭、そんな物騒な短刀がどうして越前屋の旦那の金蔵にあったんですか」

おせいは首をひねった。

「分からないのはそこだ……」

勘兵衛は苦笑した。

「親方、この村正の短刀、売れば幾らぐらいですかい……」

丈吉は身を乗り出した。

「何しろ徳川家に禍を及ぼす短刀だ。欲しがる者には値の付けられない代物だよ」

吉五郎は、村正の短刀を見詰めた。

「へえ、そいつは凄いな……」

丈吉は唸《うな》った。

「だが、持っている事が公儀に知れれば、どのような咎《とが》めを受けるか……」

勘兵衛は苦笑した。

「じゃあ、村正の短刀は……」

「暫く黒猫庵に置いておく。それより越前屋が眠り猫に押し込まれたと気付き、どうするかだ……」

勘兵衛は冷笑を浮かべた。


呉服屋『越前屋』の繁盛は続いていた。

盗賊眠り猫の押し込みから五日後、主の喜左衛門は動いた。

喜左衛門は、町駕籠に乗って日本橋の通りを日本橋に向かった。

お供の手代が慌てて続いた。

様子を窺っていた丈吉は、喜左衛門の乗った町駕籠と手代を追った。

喜左衛門の乗った町駕籠と手代は、日本橋から神田八ツ小路に行き、昌平橋を渡って本郷の通りに進んだ。

行き先は加賀国金沢藩江戸上屋敷……。

丈吉は睨んだ。

喜左衛門の乗った町駕籠と手代は、本郷の通りを進んで加賀国金沢藩江戸上屋敷に着いた。

喜左衛門は、慌ただしく町駕籠を降りて金沢藩江戸上屋敷に入った。

睨み通りだ……。

丈吉は見届けた。


加賀国金沢藩江戸上屋敷は、百万石の大藩らしく静けさと落ち着きを漂わせていた。

呉服屋『越前屋』の主喜左衛門は、江戸留守居役《るすいやく》の横山織部《よこやまおりべ》の用部屋に通された。

「横山さま……」

喜左衛門は、横山の前に崩れるように座り込んだ。

「どうしたのだ喜左衛門……」

横山は戸惑った。

「はい。お、お預かりしていた短刀、盗賊に押し込まれ、奪われたようにございます」

喜左衛門は、嗄れ声を激しく震わせた。

「な、なんと……」

横山は顔色を変えた。

「申し訳ございませぬ」

喜左衛門は、平伏《へいふく》して詫びた。

「して喜左衛門、押し込んだ盗賊は何処の何者なのだ……」

「それが分からないのです」

「おのれ。誰か……」

横山は、用部屋の外に声を掛けた。

「はっ……」

用部屋の外から番士が返事をした。

「目付《めつけ》の黒沢兵庫《くろさわひょうご》を呼んで参れ」

番士は、返事をして立ち去った。

「喜左衛門、仔細《しさい》を話してみろ」

「はい……」

喜左衛門は、盗賊に押し込まれ千両箱から二百両と村正の短刀を奪われた事を告げた。

「二百両……」

横山は眉をひそめた。

「左様にございます」

「千両箱から二百両をな。喜左衛門、まこと盗賊なのか……」

横山は、千両の内の二百両しか奪わない盗賊に戸惑いを覚えていた。

「はい、きっと……」

「横山さま、黒沢兵庫にございます」

「うむ。入るが良い」

「御免……」

金沢藩目付頭黒沢兵庫は、鋭い眼付きで喜左衛門に目礼し、横山と向かい合った。

「して横山さま、御用とは……」

「うむ。黒沢、越前屋に盗賊が押し込み、金と預けてあった村正の短刀を盗み去ったそうだ」

横山は告げた。

「盗賊……」

黒沢は、厳しさを滲《にじ》ませた。

「左様……」

「何と申す盗賊ですか……」

「それが分からぬそうだ。その方、これから越前屋に参り、金蔵を調べ、何処の何と申す盗賊か突き止め、早々に成敗《せいばい》して村正の短刀を取り戻せ」

横山は命じた。

「心得ました」

目付頭の黒沢兵庫は、厳しい面持ちで頷いた。

第二章　妖刀村正

一

呉服屋『越前屋《えちぜんや》』には緊張が漲《みなぎ》った。

大番頭の徳兵衛《とくべえ》が口止めをしたのにも拘《かか》わらず、奉公人たちは母屋《おもや》にある喜左《きざ》衛門《えもん》の金蔵が盗賊に押し込まれて金を奪われたと囁《ささや》き合った。そして、奉公人たちは、火盗 改《かとうあらためかた》方や町奉行所の役人ではなく、金沢藩の目付たちが来たのに戸惑った。

喜左衛門は、母屋の奥の金蔵の頑丈な戸の鍵穴に鍵を差し込んで廻した。

掛金があがり、頑丈な戸が開いた。

喜左衛門は暗い金蔵に入り、手燭《てしょく》に火を灯して別の板戸の錠前を外した。

金沢藩目付頭の黒沢兵庫《くろさわひょうご》は、配下の木島源之助《きじまげんのすけ》や島野又八郎《しまのまたはちろう》と金蔵に入った。

「喜左衛門どの、表と此の戸の錠前はどうなっていた」

黒沢は、喜左衛門に尋ねた。

「はい。此の錠前も廊下の戸の鍵もしっかりと掛けられておりました」

喜左衛門は、戸惑いを浮かべていた。

「そうか……」

盗賊は、金と短刀を奪い、二つの鍵を元通りにして退《ひ》きあげていた。

黒沢は、盗賊の動きを読み、板戸を開けた。

金蔵は暗く、冷え冷えとしていた。

「明かりを幾つか頼む」

「承知しました」

喜左衛門は、金蔵の外に出て行った。

「黒沢さま……」

木島源之助は、厳しさを過《よ》ぎらせた。

「かなりの腕の盗賊だとみえる」

「はい。喜左衛門どのを脅して錠を開けさせる事もなく、金蔵を破るとは……」

木島は感心した。

「しかし、それだけの腕を持つ盗賊は少なく、割り出すのも容易と云える」

島野又八郎は薄く笑った。

「うむ……」

黒沢は頷《うなず》いた。


呉服屋『越前屋』は、いつもと変わらぬ商売をしている。

丈吉《じょうきち》は見守った。

「喜左衛門、金沢藩に報せたか……」

塗笠《ぬりがさ》を目深《まぶか》に被《かぶ》った勘兵衛《かんべえ》が、丈吉の報せを受けてやって来た。

「はい。火盗改や町奉行所じゃあなく、喜左衛門が血相を変えて本郷《ほんごう》の上屋敷に……」

丈吉は、小さな笑みを浮かべた。

小さな笑みは、村正の短刀がそうさせたと告げていた。

「して、金沢藩の家来が来たか……」

「はい。三人程、おそらく今、金蔵を調べているのでしょう」

「そして、眠り猫の千社札に気付くか……」

勘兵衛は読んだ。

「ですが、眠り猫が何処《どこ》の誰か知っているのは、盗賊でもほんの一握り。おそらくお頭に辿《たど》り着ける者などいませんよ」

「丈吉、油断は禁物だ……」

勘兵衛は、塗笠をあげて呉服屋『越前屋』を眺めた。


五つの燭台の明かりは、狭い金蔵の隅々迄《まで》を照らした。

黒沢兵庫は、配下の木島や島野と狭い金蔵に入った。

二つの千両箱と棚があり、大小様々な桐の箱が並んでいた。

「お預かりしていた品物は、此処《ここ》に……」

喜左衛門は、棚の一隅を示した。

「うむ。木島、島野、盗賊の痕跡を探せ」

黒沢は命じた。

木島と島野は、五つの燭台の明かりに照らされた金蔵を調べ始めた。

黒沢は、盗賊の動きを読んでみた。

盗賊は、外の頑丈な戸と内側の板戸の錠前を壊すこともなく開け、二千両もある金の内から僅か二百両と村正の短刀を盗み取り、何事もなかったかのようにして逃げ去った。

家人に気付かれずに忍び込み、狙ったものだけを盗んで消える正統派の盗賊。おそらく、己の痕跡など髪の毛一本も残してはいない筈だ。

見事なものだ……。

黒沢は、腹の内で秘かに感心した。

「黒沢さま……」

「どうした」

「盗賊の手掛かりらしき物は、何も残されてはいませんな」

木島は眉をひそめた。

「そうか。島野はどうだ……」

「同じく……」

島野は、腹立たしげに告げた。

黒沢、木島、島野は、天井の隅に貼られた眠り猫の千社札に気付かなかった。

「よし。ならば木島、島野、此《これ》だけの押し込みの出来る盗賊を、急ぎ割り出せ」

「心得ました。では……」

木島と島野は、金蔵から出て行った。

「さて、喜左衛門どの。近頃、越前屋に変わった事はなかったかな」

黒沢は、厳しい面持ちで喜左衛門を見据えた。

呉服屋『越前屋』から、木島源之助と島野又八郎が出て来た。

「お頭……」

丈吉は、木島と島野を示した。

「金沢藩の者か……」

勘兵衛は、木島と島野を見定めた。

「はい。もう一人、頭分の奴がいる筈なんですがね」

丈吉は、『越前屋』の店を窺《うかが》った。

木島と島野は、日本橋に向かった。

「丈吉、頭分は私が見張る。二人が何をするか、動きを見張ってみろ」

「承知……」

丈吉は、木島と島野を追った。

勘兵衛は、越前屋に残った頭分が喜左衛門に詳しい事情を聞いていると睨《にら》み、見張りを続けた。

喜左衛門は、奥の金蔵の傍にある己の座敷に金沢藩目付頭の黒沢兵庫を招き、茶を差し出した。

「して喜左衛門どの、盗賊はいつ押し込んだのか分かるか……」

黒沢は、喜左衛門を見据えた。

「さあ、夜だと思いますが、いつかは……」

喜左衛門は首を捻った。

「押し込みに気付く前に金蔵に入ったのは、いつかな」

「七日前になりますか……」

「そして、今朝方、盗賊に押し込まれているのに気付いたか……」

「はい」

「となると、此処七日の間の事になるが、何か変わった事はなかったか……」

「は、はい。別になかったと思いますが……」

喜左衛門は、額に汗を滲《にじ》ませて言葉を濁した。

何かある……。

黒沢は睨んだ。

「どうかされたか……」

黒沢は、喜左衛門に厳しい眼差しを向けた。

「は、はい。実は五日前の夜は、不忍池《しのばずのいけ》の畔《ほとり》の寮に泊まっておりまして……」

いずれは露見する事だ……。

喜左衛門は覚悟を決めた。

「不忍池の畔の寮……」

黒沢は眉をひそめた。

「はい。寮には私の妾《めかけ》が……」

「そうか……」

黒沢は、驚きもせずに頷いた。

「はい……」

「ならば、盗賊の押し込みは、おぬしのいない五日前だったかもしれぬ」

黒沢は読んだ。

「はあ……」

喜左衛門は頷いた。

「して喜左衛門どの、おぬしが五日前の夜に不忍池の寮に泊まる事、店の者は知っていたのか……」

「番頭などの主《おも》だった者は……」

「知っていたか……」

「はい」

「よし。喜左衛門どの、店を仕切り、奉公人たちに詳しい者を呼んでくれぬか」

黒沢は、奉公人の中に盗賊と通じている者がおり、喜左衛門の留守を狙って押し込んだかもしれぬと読んだ。

「は、はい……」

喜左衛門は、四番番頭の善造《ぜんぞう》を呼んだ。

「お呼びにございますか……」

善造は、緊張した面持ちで喜左衛門の座敷の敷居の外に控えた。

「善造、こちらの黒沢さまに訊かれた事にお答えしなさい」

喜左衛門は命じた。

「は、はい……」

善造は、緊張に喉《のど》を鳴らした。

「善造とやら、奉公人の中に近頃変わった様子の者はおらぬか……」

「か、変わった様子の者にございますか……」

「左様。いないか……」

「はい。変わった様子の者など、格別いないと思いますが……」

様子の変わった者は、自分なのかもしれない……。

善造は、口入屋のおときが持ち込んだ京の呉服屋『丹後屋《たんごや》』の話を思い出しながら首を捻《ひね》った。

「間違いないな……」

黒沢は、善造を鋭く見据えた。

「は、はい。ですが、もう一度、良く見てみます」

善造は、慌てて言《い》い繕《つくろ》った。


本郷、北《きた》ノ天神真光寺《てんじんしんこうじ》は金沢藩江戸上屋敷の斜向《はすむ》かいにある。

金沢藩目付の木島源之助と島野又八郎は、北ノ天神門前町の仏花を売っている茶店を訪れた。

丈吉は見届けた。

「これは木島さま、島野さま……」

茶店の年増《としま》の女将《おかみ》は、木島と島野を愛想良く迎えた。

「天神の親分はいるか……」

「はい。どうぞお上がり下さい」

年増の女将は、木島と島野を茶店の奥の座敷に誘《いざな》い、辰次《たつじ》を呼びに行った。

「これはこれは、お待たせ致しました」

小肥りの中年男が入って来た。

「やあ、辰次、ちょいと聞きたい事があって参った」

「はい。何でございましょう」

天神の辰次は、女房に仏花を売る茶店を任せ、南町奉行所の同心から手札を貰っている岡っ引であり、金沢藩江戸上屋敷にも出入りを許されていた。そして、黒沢兵庫たち目付の手足となって秘かに働いていた。

「どうぞ……」

年増女将の辰次の女房が茶を持って来て、木島と島野に差し出して去った。

「木島さま、島野さま……」

辰次は、女房が出て行ったのを見届けて話を促《うなが》した。

「辰次、誰にも気付かれずに押し込み、必要なだけの金を盗んで消える盗賊、知っているか」

木島は尋ねた。

「誰にも気付かれずに押し込み、必要な金だけを盗む盗賊ですか……」

辰次は眉をひそめた。

「左様……」

「今時、そんな真っ当な盗賊、滅多にいないと思いますがね」

辰次は苦笑した。

「知らぬか……」

島野は、辰次を厳しく見据えた。

「いえ。二、三人の名前ぐらいは……」

「何処の誰だ」

「へい。霞《かすみ》の伊平《いへい》、閻魔《えんま》の長次郎《ちようじろう》、それに眠《ねむ》り猫《ねこ》ですか……」

「眠り猫……」

木島は眉をひそめた。

「はい……」

「名は……」

「知りませんが、押し込んだ金蔵に眠り猫の千社札を残す盗賊だそうです」

「霞の伊平、閻魔の長次郎、それに眠り猫か……」

木島は呟《つぶや》いた。

「ま、他にもいるんでしょうが、あっしが今、思い出せるのは此の三人だけです」

辰次は、己の言葉に頷いた。

「して辰次、三人の居場所は分かるか……」

島野は、身を乗り出した。

「島野さま、岡っ引に居場所を知られている盗賊などおりませんよ」

辰次は告げた。

「その通りだな」

木島は苦笑した。

「ならば、居場所を知るにはどうしたら良いのだ」

島野は、苛立《いらだ》ちを滲ませた。

「島野さま、そいつは盗賊の渡世に詳しい者から辿るしかありませんぜ」

辰次は、島野を見据えて告げた。

「辰次、その盗賊渡世に詳しい者の処《ところ》に案内して貰おうか……」

此処は辰次に任せるしかない……。

木島は決めた。


岡っ引の天神の辰次……。

丈吉は、茶店の界隈《かいわい》の者たちにそれとなく聞き込みを掛けた。そして、茶店の主《あるじ》が天神の辰次と云う岡っ引だと知った。

金沢藩の家来は、岡っ引の天神の辰次の力を借りて押し込んだ盗賊を突き止めようとしている。

丈吉は睨んだ。


呉服屋『越前屋』の横手の木戸門が開いた。

勘兵衛は、塗笠を目深に被り直した。

背の高い羽織袴の武士が、横手の木戸門から番頭の善造に見送られて現れた。

金沢藩の頭分の家来……。

勘兵衛は、物陰から見定めた。

羽織袴の武士は、辺りを鋭い眼差しで見渡して日本橋に向かって歩き出した。

「お気を付けて……」

善造は、深々と頭を下げて見送った。

勘兵衛は、物陰を出て善造に近付いた。

「今の御仁、金沢藩の吉田どのだな」

勘兵衛は、善造に訊いた。

「いえ。違いますが……」

善造は戸惑った。

「ほう。金沢藩の勘定方の吉田どのではなかったか……」

「はい。金沢藩は金沢藩ですが、あの御方は目付頭の黒沢兵庫さまにございますよ」

善造は、勘兵衛の言葉を訂正した。

「そうか、吉田どのではなかったか。造作を掛けたな」

勘兵衛は、善造の傍を離れて羽織袴の武士を追った。

金沢藩目付頭黒沢兵庫……。

勘兵衛は、目付頭の黒沢兵庫の姿を捜して日本橋の通りを急いだ。

日本橋の通りは賑《にぎ》わっていた。

黒沢兵庫は、落ち着いた足取りで日本橋の通りを進んでいた。

勘兵衛は、黒沢の後ろ姿を見定めた。

本郷の金沢藩江戸上屋敷に帰るのか……。

勘兵衛は、黒沢を追った。

陽は大きく西に傾き始めた。


岡っ引の天神の辰次は、下《した》っ引《ぴき》の栄吉《えいきち》と共に木島源之助と島野又八郎を案内して切通《きりどお》しから湯島天神《ゆしまてんじん》門前の盛り場に抜けた。

丈吉は尾行《つけ》た。

盛り場に連なる飲み屋は、開店の仕度に忙しかった。

辰次と栄吉は、盛り場の外れの居酒屋に進み、辺りを警戒して裏手に廻った。

木島と島野は続いた。

丈吉は、辰次たちが裏口から居酒屋を訪れると読み、素早く店内に忍び込んだ。

居酒屋の裏に廻った辰次と栄吉は、板場を覗《のぞ》いた。

板場では、老亭主の庄八《しょうはち》が仕込みをしていた。

「邪魔するぜ、庄八の父っつあん」

辰次は、老亭主の庄八に声を掛けて板場に入った。

「おう。辰次の親分、何か用かい……」

庄八は、辰次と栄吉が木島や島野と一緒なのを見て眉をひそめた。

「ああ。ちょいと盗賊の事で聞きたいんだがな。それなりの礼はするぜ」

辰次は、庄八に笑い掛けた。

「そりゃあ、知っている事があれば教えるぜ」

庄八は苦笑した。

「閻魔の長次郎、何処にいるか知っているか」

「そいつは知らねえな」

庄八は、仕込みの手を止めなかった。

「じゃあ、霞の伊平はどうかな」

「霞の伊平か。居場所は知らねえが、手下の音松《おとまつ》なら毎晩来るぜ」

「手下の音松か……」

「ああ……」

庄八は頷いた。

「じゃあ、眠り猫はどうだい」

「眠り猫……」

庄八は眉をひそめた。

「ああ。知っているか……」

「知っているのは、浪人者だって噂だけだ」

「浪人……」

「ああ。滅法剣の腕が立つって噂だ」

庄八は笑った。

「眠り猫の噂、他に何かあるかい」

「そう云えば、時々本所《ほんじょ》の百獣屋《ももんじや》に現れるって噂もあるな」

「どうします」

辰次は、木島と島野を振り返った。

「先《ま》ずは、霞の伊平の手下の音松に訊いてみるしかあるまい」

木島は、冷たい笑みを浮かべた。

「木島、音松はおぬしに任せる。俺は眠り猫ってのが気になるので、本所の百獣屋ってのを探してみる」

島野は告げた。

「うむ。そうしてみるか……」

「じゃあ栄吉、島野さまのお供をしな」

「へい、承知しました」

島野と栄吉は、本所に向かった。

「じゃあ、庄八の父っつあん、日が暮れたら飲みに来る。音松の野郎が来たら報せてくれ」

辰次は、庄八にそう頼みながら一朱金を握らせた。

「そいつは引き受けるが、呉々《くれぐれ》も俺が指したと知られねえように頼むぜ」

庄八は、一朱金を握り締めて笑った。

「そいつは心得ている。心配するな。じゃあ木島さま……」

「うむ……」

辰次と木島は、辺りを警戒しながら板場を出て行った。

丈吉は、居酒屋の店内から素早く出た。


辰次と木島源之助は、盛り場を出て鳥居前の蕎麦屋《そばや》に入った。

蕎麦屋で夜を待つ……。

丈吉は睨んだ。

気になるのは、本所に百獣屋を探しに行った島野と下っ引の栄吉だ。

本所の百獣屋とは、仙造《せんぞう》の店の事だ。

百獣屋の仙造は、慎重で口が固い上に勘兵衛に何らかの恩義がある。

仙造は、どんな責めを受けようが勘兵衛に拘わる事を話す筈はない。そして、それ以上に本所の百獣屋は、仙造の店の他にも何軒かある。

島野と栄吉は、仙造の店に容易に辿り着けない筈だ。

丈吉は、己を落ち着かせようとした。

だが、万が一の事もある……。

丈吉は、微かな不安を覚えた。

木島と辰次は、蕎麦屋で日暮れを待って庄八の居酒屋を訪れる。

日暮れ迄に一刻(二時間)はある……。

丈吉は、浅草駒形町《あさくさこまがたちょう》の仕舞屋《しもたや》に向かって走った。


金沢藩目付頭の黒沢兵庫は、本郷の通りを落ち着いた足取りで進んだ。

金沢藩江戸上屋敷に帰る……。

勘兵衛は、黒沢の後ろ姿を窺った。

その足取りや身のこなしに隙はなかった。

かなりの剣の遣い手だ……。

勘兵衛は睨んだ。

金沢藩は村正の短刀を盗まれ、町奉行所や火付盗賊改方に届けず、目付たちが独自の探索を始めたのだ。

そこには、公儀に知られてはならない事が秘められているのかもしれない。

金沢藩の秘事……。

勘兵衛は、微かな緊張を覚えた。

黒沢は、金沢藩江戸上屋敷に入った。

勘兵衛は見届けた。

金沢藩江戸上屋敷は、夕陽を浴びて赤く染まっていた。

二

夕陽は、本所竪川《たてかわ》に赤い輝きを残しながら沈んだ。

竪川に架かる二《ふた》つ目之橋《めのはし》の袂《たもと》にある百獣屋は、夏だと云うのに桜鍋《さくらなべ》や牡丹鍋《ぼたんなべ》に舌鼓《したつづみ》を打つ人足や職人などの客で賑わっていた。

精を付けるには肉の鍋が一番……。

客たちは、汗を流しながら肉を食べて酒を飲んだ。

主の仙造は、板場で猪《いのしし》の肉を切っていた。

「邪魔するよ」

吉五郎《きちごろう》が板場を覗いた。

「こりゃあ親方……」

仙造は、肉を切る手を止めて笑顔で吉五郎を迎えた。

「変わりはないかい」

「へい。お陰さまで。親方たちも……」

「うん。旦那も丈吉も達者にしているよ」

「そいつは何よりです。で、何か……」

吉五郎が、一人で仙造の店を訪れる事は滅多になかった。

「そいつなんだが、眠り猫に探りを入れに来た奴はいないかな」

「そんな野郎、いるんですかい……」

仙造は眉をひそめた。

「ああ。金沢藩の島野って目付と栄吉って下っ引がな」

「金沢藩目付の島野に下っ引の栄吉……」

「うん。本郷の天神の辰次って岡っ引の下っ引だよ」

「天神の辰次……」

「うん。で、そいつらが、眠り猫が本所の百獣屋に現れると聞き、百獣屋を尋ね歩いているようだ」

「分かりました。心配は無用ですぜ」

仙造は笑った。

「そうかい。面倒を掛けて申し訳ないが、宜しく頼むよ」

吉五郎は頭を下げた。

「昔、殺され掛けた時、旦那に助けられた命。あっしが今、こうしていられるのは旦那のお陰。恩義は忘れちゃあおりませんぜ。お任せ下さい」

仙造は、不敵な笑みを浮かべた。

百獣屋は賑わった。


湯島天神門前町の盛り場は、酔客の笑い声と酌婦《しやくふ》の嬌声《きようせい》に溢《あふ》れていた。

盛り場外れの居酒屋は、遊び人や浪人など得体の知れぬ客が酒を飲んでいた。

金沢藩目付の木島源之助は浪人、岡っ引の辰次は職人の親方にそれぞれ装《よそお》い、酒を飲みながら霞の伊平一味の音松が現れるのを待った。

辰次は、客が来る度に老亭主の庄八を窺った。だが、庄八の合図はなかった。

丈吉は、店の隅から木島と辰次を見守っていた。

霞の伊平一味の音松……。

丈吉は、霞の伊平や音松に逢った事はなかった。

霞の伊平は、押し込み先の者を犯さず殺さず、気付かれぬ内に金を盗んで消える正統派の盗賊だった。

木島と辰次は、呉服屋『越前屋』の押し込みを霞の伊平の仕事ではないかと疑い、見定めようとしている。

丈吉は、酒を飲みながら音松の現れるのを待った。

四半刻（三十分）が過ぎた。

「邪魔するぜ」

遊び人風の小柄な若い男が入って来た。

丈吉は、老亭主の庄八を見た。

庄八は、木島と辰次をちらりと見て小柄な若い男を迎えた。

「おう。いらっしゃい……」

「父っつあん、酒をくれ」

若い男は、庄八に酒を注文して隅に座った。

盗賊霞の伊平一味の音松……。

丈吉は見定めた。

見定めたのは、木島と辰次も同じだ。

木島と辰次は、この場で音松に霞の伊平の居場所を訊くのか、それとも泳がせて後を追うのか……。

丈吉は、木島と辰次を見守った。

木島と辰次は、音松を窺いながら酒を飲み続けた。

音松は、庄八と冗談を言い合いながら酒を飲んでいた。

庄八は、音松を売った後ろめたさを毛筋程も見せなかった。

いつか始末してやる……。

そうした想いが、丈吉を過《よ》ぎった。

刻が過ぎた。

木島と辰次には、動く気配は窺えなかった。

泳がせて後を尾行る……。

丈吉は、木島と辰次の動きを読み、庄八に金を払って居酒屋を出た。


湯島天神門前町の盛り場の賑わいは衰え始めた。

丈吉は、庄八の居酒屋の斜向《はすむ》かいの路地に潜んだ。

背後に人影が浮かんだ。

丈吉は振り返った。

「音松、現れたか……」

人影は勘兵衛だった。

「はい。木島と辰次は、音松を泳がせるようです」

「うむ。霞の伊平たちには迷惑を掛ける」

勘兵衛は、陰ながら詫びた。

半刻が過ぎた頃、庄八の居酒屋から音松が出て来た。

漸《ようや》く動く……。

「お頭……」

丈吉は、勘兵衛に指示を仰いだ。

「音松を追え。私は木島と辰次の後を取る」

「承知……」

丈吉は、暗がり伝いに音松を追った。

木島と辰次が、庄八の居酒屋から出て来て音松を追った。

勘兵衛は、路地を出て音松を尾行る木島と辰次に続いた。

音松は、湯島天神門前町を抜けて夜道を馴れた足取りで進んだ。

丈吉は、追って来る木島と辰次を気にしながら音松を尾行《つけ》た。

音松は、夜道の突き当たりに出た。

東には妻恋稲荷《つまごいいなり》と妻恋坂があり、西は妻恋町になる。

音松は、妻恋町に入った。そして、裏通りにある古い長屋の木戸を潜り、中程にある暗い家に入った。

丈吉は、暗がりから見守った。

木島と辰次は、古い長屋の木戸に潜んだ。

音松の入った家に明かりが灯された。

自分の家に帰って来たのだ……。

丈吉は、音松の動きを読んだ。

今夜はもう動かない……。

丈吉は見定めた。

見定めたのは、木島と辰次も同じな筈だ。

それでどうする……。

丈吉は、木戸の陰にいる木島と辰次を見守った。

「此のまま明日も泳がせ続けるか、締め上げて霞の伊平の居場所を吐かせるかだな」

勘兵衛が、丈吉の隣りに現れた。

「ええ……」

「何《いず》れにしろ、盗賊霞の伊平一味に手出しはさせぬ」

勘兵衛は、木戸の陰に潜んでいる木島と辰次を見据えた。

木島と辰次は、木戸の陰を出て音松の家に向かった。

一気に締め上げる気か……。

「お頭……」

「私が邪魔をする。丈吉は裏手に廻れ」

勘兵衛は、驚いた音松が霞の伊平の許に走ると睨んで命じた。

「承知……」

丈吉は頷き、長屋の裏手に廻った。

辰次は、音松の家の腰高障子を破って手を入れ、心張棒《しんばりぼう》を外した。

木島が腰高障子を開け、中に入ろうとした。

「何をしている」

勘兵衛は、鋭く一喝した。

木島と辰次は驚き、振り返った。

塗笠を目深に被った勘兵衛が、木戸の傍に佇《たたず》んでいた。

「押し込み強盗か……」

勘兵衛は嘲笑した。

「だ、黙れ……」

木島は狼狽《うろた》えた。

「お侍、あっしはこう云う者でして……」

辰次は、懐《ふところ》の十手《じって》を僅かに見せた。

「岡っ引だからと云って、押し込み強盗は許されぬぞ」

勘兵衛は笑い、嘲《あざけ》り続けた。


古い長屋の裏の家の陰から、音松が飛び出して来て一方に走った。

丈吉が暗がりから現れ、走り去る音松を追った。

睨み通り、音松は木島と辰次に気付き、逸早《いちはや》く家の裏から逃げ出したのだ。

丈吉は、音松を追った。


「おのれ。構わぬ、辰次、音松を捕まえろ」

木島は、辰次に命じて刀を抜いた。

辰次は、音松の家に走り込んだ。

勘兵衛は苦笑した。

音松の家から、辰次が慌てた様子で出て来た。

「き、木島さま、音松がいません」

辰次は、戸惑った声を震わせた。

「おのれ。その方、何者だ」

木島は、勘兵衛ににじり寄った。

「押し込み強盗に名乗る義理はない」

勘兵衛は、にじり寄る木島に笑い掛けながら身構えた。

「黙れ」

木島は、勘兵衛に斬り掛かった。

勘兵衛は躱《かわ》し、抜き打ちの一刀を放った。

刀は閃《ひらめ》き、木島の刀を握る腕を斬り裂いた。

木島の腕から血が飛び、刀が落ちた。

辰次が、呼子笛《よびこぶえ》を吹き鳴らした。

呼子笛の甲高《かんだか》い音が夜空に響き渡った。

「此迄《これまで》だな……」

勘兵衛は苦笑し、身を翻《ひるがえ》した。

「木島さま……」

辰次は、腕から血を滴《したた》らせている木島に駆け寄った。

「おのれ……」

木島は、満面に怒りを浮かべた。

血が指先から滴り落ちた。


夜の神田川の流れは、月明かりに煌《きら》めいていた。

音松は、妻恋坂を駆け下り、明神下の通りから神田川に出た。

丈吉は追った。

音松は、尾行者を警戒しながら神田川沿いの道を足早に大川に向かった。

筋違《すじかい》御門、和泉橋《いずみばし》、新《あたら》シ橋《ばし》……。

音松は、背後を何度も振り返りながら足早に進んだ。そして、浅草御門の暗がりに素早く潜んだ。

浅草御門は三十六見付門の一つであり、酉《とり》の刻六つ（午後六時）に閉められていた。

音松は暗がりに潜み、来た道の闇を透かし見て尾行者の有無を見定めようとした。

僅かな刻が過ぎた。

音松は、尾行者はいないと見定め、闇を出て蔵前《くらまえ》の通りを横切った。そして、浅草茅町《かやちょう》一丁目の角にある大戸の閉められた船宿の裏手に入って行った。

丈吉は見届け、大戸の閉められた船宿の軒下に走った。そして、軒行燈《のきあんどん》に書かれた『花柳《はなやぎ》』と云う屋号を読んだ。

船宿の花柳……。

丈吉は見定めた。

盗賊霞の伊平は、船宿『花柳』に潜んでいるのか……。

丈吉は、船宿『花柳』の見張りを始めた。

燭台の火は、金沢藩目付頭の黒沢兵庫と配下の木島源之助を照らしていた。

「霞の伊平と申す盗賊の一味の者を追っていて、得体の知れぬ武士に邪魔され、斬られたと申すか」

黒沢は、木島の話を聞いて眉をひそめた。

「はい。おそらく霞の伊平一味の者かと……」

腕に包帯を巻いた木島は、勘兵衛を霞一味の盗賊だと睨んだ。

「うむ。して、越前屋に押し込んだと思われる盗賊は、その霞の伊平と申す者だけなのか」

「いいえ。他に閻魔の長次郎と眠り猫と呼ばれる者共がおりますが、閻魔の長次郎は今の処、探る手掛かりはなく、眠り猫は島野又八郎が捜しております」

「そうか。何れにしろ只の盗賊ではない。それなりの備えをしている筈だし、村正の謂《いわ》れを知って盗んだのなら狙いは何かだ。呉々も油断致すな」

黒沢は、厳しい面持ちで命じた。

「はっ……」

木島は頷いた。

「黒沢さま……」

島野又八郎が帰って来た。

「島野か、入るが良い」

「はい……」

島野は、黒沢の前に進んだ。

「眠り猫と申す盗賊の手掛かり、何か摑んだか……」

「それが、眠り猫が時々現れると云う本所の百獣屋を捜しているのですが、店もそれなりにあり、何処でどう繫《つな》がっているかも分からないので、中々《なかなか》絞りきれません」

島野は、微かな苛立ちを滲ませた。

「うむ。だが、事は藩に拘わる大事。多少手荒な真似をしてでも眠り猫なる盗賊の居場所を突き止めろ」

黒沢兵庫は厳しく命じた。

「心得ました」

島野は頷いた。

「して黒沢さま、越前屋は如何《いかが》ですか……」

木島は膝を進めた。

「それなのだが、盗賊は二つある金蔵の奥にある方を狙い、主の喜左衛門が妾の処に行って留守の夜に押し込んでいる。ひょっとしたら奉公人の中に盗賊と通じている者がいるやもしれぬ」

「内通者ですか……」

「うむ……」

「越前屋の奥にそれなりに詳しい奉公人となると、番頭ですか……」

木島は睨んだ。

「うむ。越前屋の番頭は、先代の時からいる一番番頭から五番番頭迄いる」

「ならば、五人の番頭の内の誰か……」

「うむ。年寄りの一番番頭は除き、残り四人の番頭の中に妙な動きをしていた者がおらぬか、調べるつもりだ」

黒沢は、冷笑を浮かべた。

燭台の火は揺れた。


船宿『花柳』は、朝になっても大戸を閉めたままだった。

音松が、羽織を着た中年の男と船宿『花柳』の裏手から現れ、船着場に繋いであった猪牙舟《ちょきぶね》に乗った。

船頭は、音松と中年男を乗せた猪牙舟を大川に向けた。

船着場の向かい側に泊まっていた屋根船が、音松たちの乗った猪牙舟を追った。

屋根船を操る船頭は丈吉であり、勘兵衛が乗っていた。

「音松と一緒の中年男、ご存知ですか……」

「いや。見覚えはないが、花柳を預かっている霞一味の者だろう」

勘兵衛は読んだ。

音松たちの乗った猪牙舟は、柳橋《やなぎばし》を潜って大川に出た。

丈吉は、勘兵衛を乗せた屋根船を操《あやつ》って猪牙舟を追った。

大川には様々な船が行き交っていた。

音松たちを乗せた猪牙舟は、大川を遡《さかのぼ》り始めた。

「霞のお頭の処に行くんですかね」

丈吉は、先を行く猪牙舟を見詰めた。

「おそらくな……」

勘兵衛は頷いた。

猪牙舟は、浅草御蔵の傍を抜けて吾妻橋《あづまばし》に向かった。

本所竪川二つ目之橋の袂の百獣屋は、開店の仕度に忙しかった。

亭主の仙造は、竪川の川端である店の裏手に葦簀《よしず》を掛け、鹿の肉をおろしていた。

吉五郎は、二つ目之橋の袂から見守った。

金沢藩の目付の島野と下っ引の栄吉は、仙造の百獣屋を未だ訪れてはいなかった。

吉五郎は、仙造が盗賊眠り猫の素性《すじょう》や一味の者の事を話すとは思っていない。心配しているのは、島野や栄吉がどのように聞き出そうとするかだ。

大人しく訊くか、金を握らせるか、それとも脅すか……。

島野たちの出方によって、盗んだ村正の短刀の金沢藩での価値が分かる。

吉五郎は、島野と栄吉が仙造の百獣屋に来るのを待った。

竪川に船頭の歌声が長閑《のどか》に響いた。

呉服屋『越前屋』は、いつもと変わらぬ商売をしていた。

縞《しま》の半纏《はんてん》を着た若い男は、呉服屋『越前屋』の横手の通りから表通りに出て来た。そして、斜向かいにある蕎麦屋の暖簾《のれん》を潜った。

「いらっしゃいませ……」

蕎麦屋の小女は、縞の半纏の若い男を迎えた。

「おう。盛り蕎麦を頼むぜ」

縞の半纏の若い男は、小女に注文して店の窓の傍で酒を飲んでいる黒沢兵庫の許に行った。

「如何であった、左馬之介《さまのすけ》……」

「はい。下男や小僧にそれとなく聞き込みを掛けたのですが、二番番頭から五番番頭の四人の内、付け込まれ易いのは酒好きの善造と申す四番番頭ですね」

左馬之介と呼ばれた若い男は、窓の外に見える呉服屋『越前屋』に鋭い眼を向けた。

「四番番頭の善造は、五番番頭の良吉と共に店を任されている男だな」

「はい……」

「よし。善造の身辺、詳しく探ってみろ」

「心得ました」

金沢藩目付 柊《ひいらぎ》左馬之介は頷いた。

音松と羽織を着た中年男の乗った猪牙舟は吾妻橋を潜り、向島《むこうじま》は寺島村《てらじまむら》の渡し場の船着場に船縁《ふねべり》を寄せた。

丈吉は、勘兵衛を乗せた屋根船を渡し場の見える川端に寄せた。

音吉と羽織を着た中年男は、猪牙舟を降りて土手道に進んだ。

「丈吉、船を繋いで追って来い」

「承知……」

勘兵衛は川端に飛び降り、音吉と羽織を着た中年男を追った。

三

向島の土手の並木は、吹き抜ける川風に緑の葉を揺らしていた。

塗笠を被った勘兵衛は、土手道を行く音松と羽織を着た中年男を追った。

音松と羽織を着た中年男は、木母寺《もくぼじ》の手前の小道に入った。

小道の先には、垣根に囲まれた百姓家があった。

音松と羽織を着た中年男は、それとなく周囲を警戒して垣根の木戸を潜った。

勘兵衛は、木陰に潜んで見届け、百姓家の裏手に廻った。

百姓家の裏には僅かばかりの畑があり、菅笠《すげがさ》を被った小柄な年寄りが草むしりをしていた。

あの年寄り……。

勘兵衛が、年寄りを見定めようとした時、百姓家から若い女が出て来た。

「旦那さま……」

若い女は、年寄りに近寄って何事かを告げた。

音松たちが来たのを告げた……。

勘兵衛は眄んだ。

年寄りは、菅笠を外しながら若い女と百姓家に戻った。

盗賊霞の伊平……。

勘兵衛は、草むしりをしていた年寄りを霞の伊平だと見定めた。

「お頭……」

丈吉がやって来た。


縁側の端に吊るされた風鈴が鳴った。

「どうしたい、伝七《でんしち》、音松……」

盗賊霞の伊平は、陽に焼けた老顔を穏やかに綻《ほころ》ばせた。

「急にお邪魔して申し訳ありません」

伝七と呼ばれた羽織を着た中年男は詫びた。

「何か面倒でも起きたかい……」

「面倒なのかどうなのか分かりませんが、昨夜、音松が長屋で岡っ引と得体の知れない侍に踏み込まれたそうでして……」

伝七は告げた。

「どう云う事だ、音松……」

伊平は、音松を厳しく見詰めた。

「それが、あっしも良く分からないんですが、誰かが止めに入ってくれて、その隙に裏から逃げ出しまして……」

音松は、緊張に顔を強張《こわば》らせた。

「岡っ引と得体の知れぬ侍が長屋に踏み込んで来たか……」

「はい……」

「霞一味の盗賊と知っての事だな」

伊平は読んだ。

「きっと……」

音松は頷いた。

「お頭、事の次第がはっきりする迄、音松は江戸を離れた方が良いかもしれません」

伝七は告げた。

「そうさなあ……」

伊平は、事態を読もうとした。

「旦那さま……」

若い女がやって来た。

「なんだい、おさと……」

「はい。眠り猫と仰《おっしゃ》る御浪人さまがお見えにございます」

おさとと呼ばれた若い女は、怪訝《けげん》な面持ちで告げた。

「眠り猫……」

伊平は眉をひそめた。

盗賊の眠り猫とは数年前に逢った事があり、正統派の盗賊として互いに一目置いた仲だった。

「はい……」

おさとは頷いた。

「お頭……」

伝七と音松は、満面に緊張を浮かべた。

「うむ。おさと、お通ししな」

「はい。では……」

おさとは去った。

「お頭、あっしたちは……」

伝七と音松は、腰を浮かせた。

「伝七、音松、眠り猫はどうして此処に来たと思う」

「まさか……」

自分たちが尾行られた……。

伝七と音松は気が付き、顔を見合わせて狼狽えた。

「きっと、そのまさかだ……」

伊平は苦笑した。

「どうぞ……」

おさとが勘兵衛を誘《いざな》って来た。

「やあ、霞の……」

「暫《しばら》くだね、眠り猫の。まあ、どうぞ……」

伝七と音松は、素早く脇に控えた。

「うむ。邪魔をする」

勘兵衛は、伊平と向かい合って座った。

「眠り猫の。もう知っているのかもしれないが、こっちに控えているのは、小《こ》頭《がしら》の伝七と手下の音松だ。伝七、音松、眠り猫のお頭だ。御挨拶しな」

「はい。伝七です」

「音松です」

「うむ。眠り猫だ。此度は迷惑を掛けて申し訳ない」

勘兵衛は頭を下げた。

伝七と音松は戸惑った。

「そうか。昨夜、音松が岡っ引たちに踏み込まれたのは、眠り猫の、お前さんに拘わりがあるんだね」

伊平は読んだ。

「左様。実はな、京橋《きようばし》の大店に押し込み、金と一緒に或る大名家の曰《いわ》く付きの物を戴いてな」

「成程《なほど》。で、そいつがどうして……」

「大名家の目付と悶っ引が、押し込みの手口から見て盗賊は霞の伊平、閻魔の長次郎、眠り猫の内の誰かだと睨んだ」

「成る程、まっとうな押し込みをする盗賊ばかりかい……」

伊平は笑った。

「うむ。そして、霞の伊平一味の音松を知っている者がいた」

勘兵衛は、音松に笑い掛けた。

「えっ、あっしの知り合い……」

音松は戸惑った。

「音松、お前、手前の素性を誰に教えたんだ」

伝七は、音松を厳しく見据えた。

「誰にも教えちゃあいませんよ」

音松は慌てた。

「そいつは、湯島天神門前の居酒屋の庄八だ」

勘兵衛は告げた。

「庄八の父っつあん……」

音松は驚いた。

「眠り猫のお頭、そいつは間違いありませんね」

伝七は、微かな怒りを過《よ》ぎらせた。

「うむ。庄八、霞一味とどのような拘わりがあるのだ」

勘兵衛は、音松の驚きや伝七の怒り具合から拘わりがあると読んだ。

「眠り猫の。庄八は昔、霞一味にいた奴でね」

伊平は、感情を隠すように眼を瞑《つぶ》った。

「そうか……」

「そうですか、庄八の父っつあんがあっしを岡っ引に売ったんですか……」

音松は、信用していた者に裏切られた衝撃を露《あらわ》にした。

「うむ。それで岡っ引の天神の辰次たちは音松を捕え、霞のお頭の居場所を突き止めようとしたのだ」

勘兵衛は教えた。

「野郎、お頭迄……」

音松は、怒りに嗄《しやが》れ声を引き攣らせた。

「霞の。此度の面倒、今話した通りだ。何の拘わりのないお前さんたちを巻き込んでしまい、申し訳ない」

勘兵衛は詫びた。

「眠り猫の。これで音松が狙われた訳が良く分かった。詫びるには及ばないよ」

伊平は笑った。

「そう云って貰えると、ありがたい」

勘兵衛は苦笑した。

「音松、聞いての通りだ。お前は暫く自分の家に帰らず、伝七の処に隠れているんだな」

伊平は命じた。

「はい。ですがお頭、庄八の糞爺《くそじじい》、このままにしちゃあおけません」

音松は、伊平に訴えた。

「お頭、音松の云う通りです。庄八の親父は音松を売り、恩義のあるお頭を売ったんです。このままじゃあ、示しが付きませんぜ」

伝七は、伊平を暗い眼で見詰めた。

「分かった。気が済むようにするが良い。眠り猫の、聞いた通りだが、それで構わないね」

「うむ。だが、霞の。庄八を始末しても、岡っ引の天神の辰次たちが、音松や霞の伊平を追っているのに変わりはない」

「うむ……」

「庄八を始末したら、この一件の片が付く迄、鳴りを潜めていてくれないか……」

「承知した。聞いたな伝七……」

「はい。承知しました」

伝七は、江戸に散っている霞一味の者たちに触れを廻すのだ。

「ならば、霞の。面倒を掛けて申し訳ないが、宜しく頼む……」

「眠り猫の。わざわざの断わり、こっちこそ恐縮するよ。ま、何処の大名が相手か知らないが、気を付けてやるんだね」

「うむ。片が付いたら角樽《つのだる》を持ってくる」

「そいつは楽しみだ」

伊平は、穏やかに笑った。

勘兵衛は微笑みを浮かべ、刀を手にして立ち上がった。

廊下の端の風鈴が、軽やかに鳴り響いた。

塗笠を目深に被った勘兵衛は、伊平とおさとに見送られて百姓家の木戸を出て土手道に向かった。

丈吉が木陰から現れ、勘兵衛の背後に付いた。

「如何でした」

「霞の伊平、納得してくれた」

「そいつは良かった」

「だが、音松たちは居酒屋の庄八を始末するそうだ」

「そりゃあそうでしょうね」

丈吉は、自分を岡っ引に売った者に対する音松の怒りが良く分かった。

「して、霞の伊平、此処は長いのか……」

「七、八年前から住んでいるそうですよ」

丈吉は、勘兵衛が伊平と逢っている間、木母寺の寺男などに聞き込みを掛けていた。

「おさとと申す若い女は娘か孫か……」

「そいつがお頭、おさとって若い女、伊平のお頭の女房だそうですぜ」

丈吉は、感心したように告げた。

「女房……」

勘兵衛は驚いた。

「ええ……」

「そうか、女房とは驚いたな」

勘兵衛は苦笑した。

仙造の百獣屋は既に店を開け、数人の客が訪れていた。

袴姿の侍と股引《ももひき》姿の町方の若い男が、本所竪川に架かる二つ目之橋を渡って行った。

吉五郎は、二つ目之橋の袂から見送った。

金沢藩目付の島野と下っ引の栄吉……。

吉五郎は睨んだ。

島野と栄吉は、本所の百獣屋を探りながら漸く仙造の店に来たのだ。

吉五郎は、島野と栄吉に続いて仙造の店に向かった。

百獣屋の店内には、肉の脂の臭いが満ちていた。

島野と栄吉は、仙造の百獣屋に入って牡丹鍋と酒を頼んだ。

「牡丹鍋と酒ですね」

仙造は、注文を確かめた。

「うむ。それから眠り猫は来るかな……」

島野は、鋭い眼で仙造を見据えて尋ねた。

「お侍さん、うちに来ているのは招き猫でね」

仙造は、帳場に飾ってある薄汚れた招き猫を示した。

「眠り猫なら権現《ごんげん》さまの日光東照宮《にっこうとうしょうぐう》ですぜ」

仙造は、苦笑しながら板場に入った。

板場には、吉五郎が来ていた。

「来ましたぜ」

仙造は、笑みを浮かべて店を示した。

「やっぱり奴らか……」

吉五郎は苦笑した。

「ええ……」

仙造は、牡丹鍋の仕度を始めた。

吉五郎は、暖簾の陰から店にいる島野と栄吉を窺った。

「洒落《しゃれ》た事を抜かしやがって、どう見ます」

栄吉は苦笑し、島野を窺った。

「うむ。どうかな……」

島野は迷った。

「素《す》っ惚《とぼ》けているのか、本当に知らないのか、難しい処ですね」

「眠り猫と聞いて顔色を僅かにでも変えたり、取立ての反応はなかった。眠り猫とは拘わり、ないのかもしれぬ」

「ですが、万が一、眠り猫の事を訊かれると気が付いていたらどうですかね」

栄吉は首を捻った。

「栄吉、眠り猫の事を訊かれると、どうして気付いたと云うのだ」

島野は眉をひそめた。

「そうですねえ……」

栄吉は肩を落とした。

「本所の百獣屋、後何軒ある……」

「二軒です」

「よし。見定めるのは、その二軒を廻ってからだ」

島野は決めた。

「おまちどお……」

仙造が、牡丹鍋と酒を持ってきた。

栄吉は、思わずおくびを洩らした。

半刻が過ぎた。

島野と栄吉は、牡丹鍋の半分を食べ残して出て行った。

「肉を食い過ぎているようですぜ」

仙造は、島野と栄吉が本所の百獣屋を廻っているのを嘲笑した。

「腹を壊さなきゃあいいが……」

吉五郎は苦笑した。

「それにしても島野と栄吉、あれでうちが眠り猫と拘わりないと納得したんですかね」

「うん。だが、戻って来るかもしれない、油断は禁物だぜ」

吉五郎は、厳しさを過ぎらせた。


呉服屋『越前屋』は、大戸を閉めてその日の商売を終えた。

四番番頭の善造は、主人の喜左衛門や一番番頭の徳兵衛たちと勘定の帳尻を合わせ、商売の打ち合わせをして『越前屋』を出た。

口入屋のおときが現れなくなって、数日が過ぎていた。

その間に盗賊の押し込みがあり、落ち着かない日が続いた。

おときはどうしたのだ……。

京の呉服屋『丹後屋』の江戸店はどうなったのだ……。

善造は、おときの連絡を待ち続けた。だが、おときからの連絡はなかった。

楓川沿いの道にある居酒屋の赤提灯は、吹き抜ける夜風に揺れていた。

居酒屋は、おときに誘われて来た店であり、呉服屋『丹後屋』の江戸店の事を初めて聞いた処だ。

おときがいるかもしれない……。

善造は、居酒屋の暖簾を潜った。

居酒屋は賑わっていた。

善造は、客の中におときを捜した。しかし、おときはいなかった。

これから来るかもしれない……。

善造は、一縷《いちる》の望み抱いて酒を飲み始めた。

様々な客が出入りした。

善造は、客が入って来る度に戸口を見た。

「誰かを待っているのか……」

隣りで酒を飲んでいた袴姿の若い侍が、笑顔で声を掛けて来た。

金沢藩目付の柊左馬之介だった。

「えっ……」

善造は、左馬之介に警戒の眼を向けた。

「ま、一杯、どうだ」

左馬之介は、善造に徳利《とっくり》を差し出した。

「えっ、いえ……」

善造は断った。

「遠慮をするな……」

左馬之介は笑顔で押した。

「は、はい……」

善造は、遠慮がちに猪口《ちょこ》を差し出した。

左馬之介は、善造に酌をした。

「女か……」

左馬之介は、薄笑いを浮かべて囁いた。

「えっ……」

善造は思わず狼狽え、手にした猪口の酒を僅かに零《こぼ》した。

「やはり女だな」

左馬之介は笑った。

「ええ……」

善造は酒を飲んだ。

左馬之介は、すかさず酒を注いだ。

「畏れいります」

「良い女か……」

左馬之介は、好色そうに笑ってみせた。

「いえ。そんな女じゃありませんよ」

善造は、慌てて否定した。

「じゃあ、どんな女だ……」

左馬之介は、戸惑った面持ちで訊いた。

「仕事に拘わっている女ですよ」

「ほう、仕事に拘わっている女……」

「はい」

「色っぽい話じゃあないのか……」

左馬之介は、落胆してみせた。

「ええ……」

善造は苦笑し、酒を飲んだ。

「お侍さん、お名前は……」

「俺か、俺は柊って者だ」

「柊の旦那ですか……」

「ああ。お前は……」

「手前は善造と申します」

「そうか。それにしても仕事に拘わる女と居酒屋で逢うとは、どう云う事だ」

「えっ、まあ……」

善造は、誤魔化すように手酌で酒を飲んだ。

「ひょっとしたら善造、今の奉公先に内緒の事かな……」

左馬之介は睨んだ。

「柊の旦那……」

善造は、微かに狼狽えた。

睨みの通りだ……。

善造は、呉服屋『越前屋』に内緒で何かをしようとしている。そして、それは善造の弱味となり、盗賊の押し込みに利用されたのかもしれない。

仕事に拘わっている女だ……。

左馬之介は気が付いた。

仕事に拘わっている女が、善造を通じて呉服屋『越前屋』の内情を調べ、盗賊の押し込みの後、姿を消したのだ。

女は盗賊の一味であり、善造を内通者に仕立てあげた……。

左馬之介は読んだ。

その女が何処の誰か突き止める……。

左馬之介は、手酌で酒を飲んでいる善造を厳しく見据えた。

居酒屋の賑わいは続いた。


妻恋町の古い長屋の家々には、明かりが灯されていた。だが、音松の家は暗かった。

勘兵衛と丈吉は、古い長屋の木戸の陰を窺った。

木戸の陰には、金沢藩目付木島源之助と岡っ引の辰次がいた。

木島と辰次は、音松が戻って来るのを待ち構えている。

「音松、戻らないってのに御苦労な話ですぜ」

丈吉は、木島と辰次を嘲笑《あざわら》った。

「此のまま此処《ここ》に張り付いていてくれればいいのだが、そうもいくまいな」

勘兵衛は、いつかは斬り棄てなければならないと覚悟していた。

それにしても、金沢藩の目付が此処迄して盗賊から村正の短刀を取り戻そうとしている理由は何か……。

如何に子供の頃の家康を傷付けた村正の短刀とは云え、金沢藩が公儀に届けず藩の目付に秘かに追わせる理由は何か……。

江戸屋敷が盗賊に押し込まれた訳でもないし、大名家としての面子に拘わる事でもない。

因《ちな》みに村正の短刀は、此の世に数多く残っているとされている。

勘兵衛は、微かな戸惑いを覚えた。

盗んだ村正の短刀には、子供の頃の家康を傷付けただけではない理由があるのかもしれない。

村正の短刀は、詳しく検《あらた》めてみる必要がある。

勘兵衛は決めた。

四

湯島天神門前町の盛り場は、連《つら》なる飲み屋の明かりも消えて漸《ようや》く眠りに就いた。

庄八の居酒屋も既に暖簾を片付け、明かりを消していた。

庄八は、店の奥の居間で鼾《いびき》を掻《か》いて眠っていた。

店の板場にある裏口の板戸の掛金は、外から差し込まれた問外《といかき》で外された。そして、板戸が僅かに開けられ、盗人姿の音松と伝七が忍び込んで来た。

音松と伝七は、暗い板場を抜けて居間に忍び寄った。

居間からは、有明行燈の小さな明かりと庄八の鼾が洩れていた。

庄八の鼾は、一定の感覚で規則正しく続いていた。

音松と伝七は、庄八が眠っていると見定めて居間に忍び込んだ。

有明行燈の小さな明かりは、鼾を搔いて眠っている庄八の老顔を照らしていた。

伝七は、庄八の枕を蹴飛ばした。

庄八は驚き、慌てて起き上がった。

刹那《せつな》、音松が背後から庄八の口を押え、匕首《あいくち》を喉元に突き付けた。

「騒ぐな……」

音松は囁いた。

庄八は、恐怖に衝《つ》き上《あ》げられて眼を瞠《みは》った。

「庄八の父っつあん、よくも岡っ引に売ってくれたな」

音松は、怒りを滲ませた。

「ま、待ってくれ……」

庄八は、くぐもった嗄れ声をあげて踠《もが》いた。

音松は、匕首の刃を庄八の喉元に押し当てた。

庄八は、筋張った首の喉仏を引き攣らせた。

「庄八、恩義のある霞のお頭を岡っ引に売ろうとは、良い度胸じゃあねえか……」

伝七は嘲笑した。

「こ、小頭……」

庄八は、恐怖に激しく震えた。

「死んで貰うぜ」

伝七は冷酷に告げた。

次ぎの瞬間、音松は庄八の喉に当てていた匕首を横に引いた。

眼を剝《む》いた庄八の喉から血が噴いた。

伝七は、庄八に素早く蒲団を掛けて血の飛び散るのを防いだ。

庄八は蒲団の下で痙攣《けいれん》し、やがて息絶えて動かなくなった。

「音松……」
伝七は促した。
「へい……」
音松と伝七は、庄八の死体を蒲団に包み始めた。
有明行燈の小さな明かりは、油がなくなってきたのか、音を鳴らして瞬《またた》いた。
四つの燭台の火は座敷を明るく照らし、勘兵衛の影を壁に映していた。
勘兵衛は、加賀梅鉢の家紋の描かれた刀箱の蓋《ふた》を取った。
刀箱の中には、金襴《きんらん》の刀袋に納められた村正の短刀と本阿弥光悦の折紙が入っていた。
村正の短刀と折紙は、既に検めた。
勘兵衛は、村正の短刀と折紙を取り出した。
刀箱は空になった。
勘兵衛は、空になった刀箱を検め始めた。
刀箱の内側には赤い漆《うるし》が塗られ、変わった様子は見られなかった。
勘兵衛は、刀箱を見詰め、指先で叩いた。

左右、上下、そして底……。
乾いた音が、微かに鈍く変わった。
底……。
叩いた音が、微かに鈍く変わったのは底だった。
勘兵衛は、刀箱の底を調べた。
二重になっている……。
勘兵衛は、刀箱の底が二重になっていると気付き、開け方を探った。そして、
刃曲《はまがり》と称する鋼鉄製の薄い六寸程の長さの忍び込み道具で刀箱の底を探った。
刃曲の先には鋭く尖った刃があり、その背は鋸《のこぎり》になっている。
刃曲は、刀箱の漆塗りの底の隙間に入った。
勘兵衛は、刃曲を捻《ひね》って底板を外した。
底板の下には、書付けがあった。
刀箱は二重底になっており、隠されていた書付けが金沢藩を慌てさせている。
勘兵衛は睨んだ。
書付けは古く、虫食いの痕《あと》がある。
勘兵衛は、書付けを取り出して慎重に広げた。

古い書付けには、村正が徳川家に禍を及ぼす事が記されていた。そして、この短刀が子供の頃の家康を傷付けたものであり、隙さえあれば命を獲《と》るなどと書かれていた。

勘兵衛は、古い書付けを読み進めた。

古い書き付けの最後には、金沢藩藩祖前田利家の署名と花押が書き記されていた。

前田利家の意地と呪詛《じゅそ》……。

勘兵衛は古い書付けを読み終え、金沢藩が公儀に届けず、何としてでも取り戻そうとしている理由を知った。

もし、古い書付けが公儀の手に渡れば、如何に二百年も昔の事と雖《いえど》も前田家は只では済まないかもしれない。

金沢藩はそれを恐れている……。

勘兵衛は、古い書付けを刀箱の底に戻して切り取った二重底を被せ、村正の短刀と折紙を入れて蓋を閉じた。

加賀百万石金沢藩前田家、相手にとって不足はない。

さあて、どうする……。

勘兵衛は、不敵な笑みを浮かべた。

「やはり四番番頭の善造か……」

金沢藩目付頭の黒沢兵庫は眉をひそめた。

「はい。善造、奉公先の越前屋に内緒の仕事に拘わる事で、口入屋の女と秘かに逢っていたようです」

目付の柊左馬之介は告げた。

「そして、善造は内通者に仕立て上げられたか……」

黒沢は苦笑した。

「おそらく……」

左馬之介は頷いた。

「よし。左馬之介、私と一緒に越前屋に行き、善造を責めて口入屋の女が何処の誰か突き止めよう」

黒沢は告げた。

「心得ました。では、仕度を……」

左馬之介は、素早く黒沢の用部屋を出て行った。

盗賊は、村正の短刀に秘められた事実に気付いただろうか……。

黒沢は、微かな焦りを覚えた。

何れにしろ、盗賊は一筋縄ではいかぬ手練《てだ》れなのだ。

先ずは、四番番頭の善造を問い質《ただ》して盗賊の手掛かりを摑まなければならない。

黒沢は、障子を開けて用部屋を出た。

陽は暑く輝いていた。

黒沢は、眩《まぶ》しく眼を細めた。


音松は、妻恋町の古い長屋に帰って来なかった。

既に江戸から逃げたのかもしれない……。

金沢藩目付の木島源之助は、邪魔に入った塗笠を被った侍に怒りを覚えた。

「木島さま……」

岡っ引の天神の辰次が、険しい面持ちで駆け寄って来た。

「どうした……」

「どうやら、垂れ込んだ居酒屋の庄八が始末されたようです」

辰次は、腹立たしげに告げた。

「庄八が始末された」

木島は眉をひそめた。

「はい。庄八の死体はないのですが、店の奥の居間に僅かですが血の痕がありましてね」

「霞一味の仕業か……」

木島は読んだ。

「ええ。音松が、垂れ込んだのは庄八だと気が付いての仕業ですよ」

「ならば、もう此処に戻らぬな」

「きっと……」

辰次は頷いた。

木島は、盗賊霞の伊平の居場所を突き止める手立てが途切れたのを知った。

呉服屋『越前屋』に変わった様子はない。

丈吉は見張った。

金沢藩目付頭の黒沢兵庫が、配下と思われる若い武士を従えてやって来た。

丈吉は見守った。

黒沢は、配下の若い武士を従えて『越前屋』の横の木戸門を入って行った。

何しに来たのだ……。

丈吉は、目付頭の黒沢が出張《でば》って来た理由を知りたかった。


四番番頭の善造は、主の喜左衛門に呼ばれて緊張した面持ちで土蔵にやって来た。

四棟ある土蔵の一つの扉が開いていた。

「旦那さま、善造にございます。こちらにございますか……」

善造は、扉の開いている土蔵の中に声を掛けた。

扉の開いている土蔵は、母屋の古い家財道具などを入れて置くもので薄暗かった。

「善造、入るが良い」

黒沢配下の若い武士が、土蔵から出て来た。

「柊の旦那……」

善造は、若い武士が一緒に酒を飲んだ柊だと気が付いて戸惑った。

「何をしている。さあ、入れ」

柊左馬之介は、戸惑っている善造を土蔵に連れ込んで扉を閉めた。

土蔵は薄暗かった。

柊左馬之介は、善造を土間の筵《むしろ》の上に引き据えた。

「あの……」

善造は、訳が分からず狼狽えた。

黒沢兵庫が、暗がりから現れた。

善造は、微かな怯《おび》えを過ぎらせた。

「私は金沢藩目付頭の黒沢兵庫だ。覚えておろうな」

「は、はい……」

善造は、不安げに頷いた。

黒沢は、呉服屋『越前屋』の喜左衛門に善造への疑いを話し、詮議をしたいと告げた。

喜左衛門は頷いた。

左馬之介が、火の灯された燭台を持って来て善造の顔を照らし、背後に控えた。

「口入屋の女、何処の口入屋の何と云う名の女なのだ」

黒沢はいきなり尋ねた。

「えっ……」

善造は、激しく狼狽えた。

「善造、お前が越前屋に内緒で口入屋の女と逢い、仕事に拘わる話をしたと云うのは分かっているのだ。女の名と口入屋の屋号を申せ」

「は、はい。黒沢さま……」

「善造、何もかも素直に話さなければ、押し込んだ盗賊一味の者として町奉行所に引き渡す事になる」

黒沢は、善造を厳しく見据えた。

「盗賊……」

善造は驚き、震えた。

「善造、口入屋の女はおそらく盗賊一味の者なのだ……」

「そんな……」

善造は呆然とした。

「庇《かば》えば、善造、お前も同罪だ」

黒沢は、冷たい眼で善造を見据えた。

「お、おときです」

善造は、慌てて告げた。

「おとき。して、口入屋の屋号は……」

「それは、分かりません」

善造は、おときの口入屋の屋号を聞いていないのに気が付いた。

「ならば、おときの仕事に拘わる話とは何だ」

「京の呉服屋の丹後屋さんが江戸店を出すので相談に乗って欲しいと……」

「して、丹後屋が江戸店を出した暁《あかつき》には、お前はどうなるのだ」

「江戸店を預けて貰えると……」

「成る程、丹後屋の江戸店を餌に釣り上げられたか……」

黒沢は、善造の出世欲を利用した盗賊の狡猾《こうかつ》さに苦笑した。

善造は項垂《うなだ》れた。

「それで善造、お前はおときに訊かれるままに越前屋の内情を話したのだな」

「は、はい。きっと……」

善造は、黒沢を縋《すが》るように見詰めて頷いた。

黒沢は、口入屋のおときが越前屋に押し込んだ盗賊一味の者だと見定めた。

「善造、そのおときなる女、どのような年格好だ」

左馬之介は、善造を見据えた。

「三十過ぎの年増で、粋《いき》な形《なり》をしています」

善造は告げた。

「粋な形をした三十過ぎの年増か……」

「はい……」

「黒沢さま、口入屋のおとき、捜してみます」

左馬之介は告げた。

「うむ。だが、おときと云う名は、おそらく偽名だろう」

「はい。ですが、口入屋に拘わっている三十過ぎの粋な形をした年増、その辺から辿って行けば、おそらく見付かるでしょう」

左馬之介は、自信ありげに笑った。

「よし、ならば急ぎ見付け出せ……」

黒沢は命じた。

呉服屋『越前屋』の横手の木戸門から、黒沢の配下と思われる若い武士が出て来た。

若い武士は、鋭い眼差しで辺りを窺って日本橋の通りを日本橋に向かった。

鋭い眼差しが気になる……。

丈吉は、尾行を開始した。

若い武士は、日本橋の通りを進んだ。そして、日本橋近くの音羽町《おとわちょう》にある口入屋に入った。

口入屋……。

丈吉は、戸惑いながら口入屋の店内を窺った。

若い武士は、帳場で番頭に何事かを訊いていた。

金沢藩の目付が仕事を探す筈はない……。

丈吉は、若い武士が番頭に訊いている事に興味を抱いた。

口入屋の番頭は、若い武士の質問に首を捻っていた。

若い武士は、番頭に礼を述べて口入屋を後にした。

丈吉は、慎重に追った。

「金沢藩の目付、眠り猫が出入りする百獣屋を見定められずにいるか……」

勘兵衛は苦笑した。

「仙造がからかいましてね。あれじゃあ、眠り猫の尻尾は摑めませんよ」

吉五郎は、金沢藩目付の島野又八郎と下っ引の栄吉を笑った。

「うむ。だが、相手は金沢藩の目付だ。油断はならぬ」

「はい……」

「して、丈吉はどうした」

「越前屋の様子を窺いに行きました」

「そうか……」

「それでお頭、如何に村正の名刀が盗まれたと云っても金沢藩の目付の動き、厳しすぎませんか……」

吉五郎は眉をひそめた。

「それなのだが吉五郎。あの村正の短刀、子供の頃の家康公を傷付けた他にも、面白い曰くがあるようだ」

「そいつが金沢藩に拘わりがあるんですね」

吉五郎は、薄笑いを浮かべた。

「うむ、おそらくな……」

勘兵衛は頷いた。

「お父っつあん、いますか。お父っつあん……」

小料理屋『桜《さくら》や』の女将のおみなが、仕舞屋の勝手口から吉五郎を呼んだ。

「おう。どうした、おみな……」

吉五郎は、勝手口に向かった。そして、結び文を開きながら戻って来た。

「丈吉、知り合いの船頭に頼んだようです」

吉五郎は、丈吉からの結び文を一読して勘兵衛に渡した。

勘兵衛は、結び文を一読した。

「金沢藩の若い目付が、口入屋に何事かを尋ね歩いているか……」

「らしいですね」

「どうやら四番番頭の善造、尻尾を掴まれたようだな」

勘兵衛は苦笑した。

「となると……」

「金沢藩の目付、善造を責めて口入屋のおときを吐かせ、押し込んだ盗賊の一味だと見定めたのだ」

「ですが、おときって偽名を使って善造に近付いたのなら、おせいさんには行き着かないでしょう」

「さあて、そいつはどうかな」

勘兵衛は眉をひそめた。

「お頭……」

吉五郎は、緊張を浮かべた。

「吉五郎、おせいに金沢藩の目付の動きを報せろ。私は丈吉を捜してみる」

勘兵衛は、微かな不安を覚えた。

第三章　利家置文

一

金沢藩目付の若い武士は、口入屋《くちいれや》に何事かを尋ね歩いていた。

丈吉《じょうきち》は、目付の若い武士が善造《ぜんぞう》を内通者に仕立てた口入屋のおときを捜していると気が付き、吉五郎《きちごろう》に報せた。そして、口入屋を尋ね歩く若い武士が、金沢藩目付の柊《ひいらぎ》左馬之介《さまのすけ》と云う名だと知った。

柊左馬之介は、六軒目の口入屋の暖簾《のれん》を潜った。

丈吉は、六軒目の口入屋での左馬之介の様子を見守った。

「おときさんですか……」

六軒目の口入屋の主は首を捻《ひね》った。

「うむ。知らぬか……」

口入屋のおときを知っている者はいなかった。

「ならば、粋《いき》な形《なり》の年増《としま》の口入屋は知らないかな……」

左馬之介は、尚も口入屋の主に尋ねた。

「粋な形の年増の口入屋ですか……」

口入屋の主は眉をひそめた。

「うむ……」

「粋な形かどうかは分かりませんが、年増の口入屋なら一人、知っていますよ」

「何処《どこ》の誰だ」

左馬之介は意気込んだ。

「上野元黒門町《うえのもとくろもんちょう》の恵比寿屋《えびすや》のおせいさんって女将《おかみ》さんですよ」

六軒目の口入屋の主は、『恵比寿屋』の女主のおせいを知っていた。

「上野元黒門町の恵比寿屋のおせい……」

左馬之介は、漸《ようや》くおときらしい口入屋の年増の手掛かりを摑《つか》んだ。

「はい。手前の知っている年増の口入屋はおせいさんだけですよ」

「そうか。造作を掛けたな」

左馬之介は、六軒目の口入屋を出て下谷広小路《したやひろこうじ》に急いだ。

丈吉は追った。
左馬之介の足取りは軽かった。
口入屋のおときの手掛かりを摑んだのか……。
丈吉は、緊張した面持ちで左馬之介を追った。
下谷広小路は、東叡山寛永寺《とうえいざんかんえいじ》の参拝者や不忍池《しのばずのいけ》に遊びに来た者で賑《にぎ》わっていた。
左馬之介は、広小路の雑踏を上野元黒門町に向かって進んだ。
口入屋『恵比寿屋』に行く気だ……。
丈吉は、左馬之介の行き先を読んだ。
左馬之介は、口入屋のおときが『恵比寿屋』のおせいだと気が付いたのかもしれない。
丈吉は、微《かす》かな焦りを覚えた。
おせいは、『恵比寿屋』にいるのか……。
丈吉は心配した。
左馬之介は、口入屋『恵比寿屋』の前で立ち止まった。

丈吉は、左馬之介の背後の物陰に潜んで口入屋『恵比寿屋』を見た。

口入屋『恵比寿屋』は大戸を閉めていた。

休みなのか、それとも吉五郎が事態を読んで逸早《いちはや》く報せ、大戸を閉めさせたのか……。

丈吉は、物陰に潜んで左馬之介の様子を見守った。

左馬之介は、口入屋『恵比寿屋』の左側の路地に入り、裏手に廻った。

丈吉は、素早く右側の路地に駆け込んだ。そして、『恵比寿屋』の角から裏手を覗いた。

左馬之介が、『恵比寿屋』の勝手口の板戸を開けようとしていた。しかし、勝手口の板戸には鍵が掛けられているのか開く事はなく、左馬之介は表に戻った。

左馬之介は、口入屋『恵比寿屋』の表に出た。そして、『恵比寿屋』を眺めた。

丈吉は、『恵比寿屋』の路地に潜んで左馬之介を窺った。

左馬之介は、何かを見定めたように薄笑いを浮かべ、下谷広小路の雑踏に向かった。

丈吉は、路地から『恵比寿屋』の表に出て立ち去る左馬之介を見送った。

左馬之介は、『恵比寿屋』のおせいを口入屋のおときだと見定めたのか、それとも未だ見定めてはいないのか……。

丈吉は、判断に迷った。

左馬之介は、下谷広小路の雑踏に紛れていく。

どうする……。

丈吉は焦り、追った。

左馬之介と擦れ違って来た女の廻り髪結《かみゆい》が、口入屋『恵比寿屋』の斜向《はすむ》かいにある茶店に入った。そして、茶店の親父に茶を頼み、鬢盥《びんだらい》を傍《かたわ》らに置いて口入屋『恵比寿屋』を鋭い眼差しで眺めた。

口入屋『恵比寿屋』は、大戸を閉めたまま静まり返っていた。

口入屋『恵比寿屋』の店内は暗かった。

「どうです……」

帳場にいたおせいは、閉められた大戸の僅かな隙間から表を覗いている吉五郎に尋ねた。

「うん。金沢藩の目付、諦めて帰ったようだ」

「そうですか……」

おせいは、微かな安堵を滲《にじ》ませた。

「ま、おせいさんが善造を嵌《は》めたおときと見定めたかどうかは、追った丈吉に訊いてみれば分かるだろう」

吉五郎は、大戸の傍からおせいのいる帳場に戻った。

「ええ……」

おせいは、吉五郎の報せを受けて暫《しばら》く店を閉めると決め、番頭の由蔵《よしぞう》に金を渡して休みを取らせた。そして、大戸を閉めて戸締まりを終えた時、表を見張っていた吉五郎が若い武士の来た事に気が付いた。

現れた……。

おせいと吉五郎は、息を潜めて見守った。

若い武士は、店の裏手の勝手口にも鍵が掛けられているのを見定めて立ち去った。そして、丈吉が追って行った。

「さあて、どうする、おせいさん。この一件の片が付く迄、駒形堂《こまがたどう》に来るかい……」

吉五郎は、浅草駒形堂裏にある丈吉と住む仕舞屋《しもたや》に誘った。

「いいえ。こんな事もあろうかと、由蔵にも内緒で裏の家を買い取ってありましてね……」

おせいは、口入屋『恵比寿屋』の裏の垣根の向こうの小さな仕舞屋を秘かに買い、万が一の時の隠れ家にしていた。そして、仕舞屋に隠れ、口入屋『恵比寿屋』を見守る事にしていたのだ。

「流石《さすが》はおせいさんだ。手廻しが良いや」

吉五郎は、おせいの用意周到さに苦笑した。

「ええ。大事な物や眠り猫に拘《かか》わる物は、とっくに移してありましてね。ですから、此処で様子を窺い、いざと云う時、裏の家に……」

おせいは微笑んだ。

「分かった。じゃあ、此処に潜んで金沢藩の目付の出方を見よう」

吉五郎は、おせいの企《くわだ》てに頷《うなず》き、大戸の傍に腰掛けを動かし、僅かな隙間から表を見張り始めた。

表には大勢の人が行き交い、斜向かいの茶店ではお客が茶を飲んでいた。

不忍池は眩《まぶ》しく輝いていた。
柊左馬之介は、下谷広小路から不忍池の畔《ほとり》に抜けて西に進んだ。
丈吉は、慎重に尾行した。
左馬之介がこのまま進めば、本郷にある金沢藩江戸上屋敷の裏手に出る。
江戸上屋敷に戻るのか……。
丈吉は追った。
戻ったとしたら、どうするのか……。
丈吉は、左馬之介の動きを読んだ。
口入屋『恵比寿屋』の見張りを手配りするのか、人数を揃えて踏み込むのか……。
丈吉は、左馬之介を追った。
不忍池の畔に人気《ひとけ》はなくなった。
水鳥が甲高《かんだか》い鳴き声をあげ、羽音と水飛沫《みずしぶき》をあげて飛び立った。
丈吉は、不意の出来事に気を取られた。
左馬之介は振り返った。
丈吉に隠れる暇はなく、思わず立ち竦《すく》んだ。

「越前屋に押し入った盗賊の一味の者だな」

左馬之介は、嘲《あざけ》りを浮かべた。

「お侍さま、何の事でしょうか……」

丈吉は惚《とぼ》けた。

「惚けるな、下郎。尾行《つけ》て来た事は分かっている……」

左馬之介は、嘲笑を浮かべて踏み出した。

丈吉は後退《あとずさ》りした。

「霞の一味か眠り猫の一味か、捕えて吐かせてくれる……」

左馬之介は、丈吉を捕えて責めるつもりなのだ。

丈吉は、懐の匕首《あいくち》を抜いた。

「動くな」

左馬之介は、鋭く叫んだ。

丈吉は、匕首を構えた。

左馬之介は、刀の鯉口《こいぐち》を切りながら丈吉に大きく迫った。

丈吉は、身を翻《ひるがえ》そうとした。

左馬之介は、丈吉に抜き打ちの一刀を浴びせようとした。

刹那《せつな》、拳大《こぶしだい》の石が左馬之介に飛来した。

左馬之介は、咄嗟《とっさ》に身を沈めて躱《かわ》した。

丈吉は逃げた。

左馬之介は、丈吉を追い掛けようとした。

塗笠を目深に被った勘兵衛《かんべえ》が現れ、左馬之介の行く手に立ち塞《ふさ》がった。

左馬之介は、刀を構えた。

塗笠を目深に被った勘兵衛は、刀を抜かず無造作に佇《たたず》んでいた。

「何者だ」

左馬之介は、塗笠を目深に被った勘兵衛を見据えた。

「問答無用……」

勘兵衛は、苦笑を滲《にじ》ませた。

次ぎの瞬間、左馬之介は勘兵衛に鋭く斬り掛かった。

勘兵衛は跳んで躱し、抜き打ちの一刀を放った。

左馬之介の刀は、甲高い金属音を鳴らして弾き飛ばされ、立ち木の幹に突き刺さって胴震《どうぶる》いした。

左馬之介は怯《ひる》んだ。

勘兵衛は、刀を鞘《さや》に納めて踵《きびす》を返した。

「おのれ……」

左馬之介は、怒りと悔しさの入り混じった眼で去って行く勘兵衛を見送った。

勘兵衛は、不忍池の畔を下谷広小路に向かった。

「お頭、お陰で助かりました……」

丈吉が現れ、勘兵衛の背後に付いた。

勘兵衛は、丈吉の足取りが掴めず、口入屋『恵比寿屋』に廻った。そして、左馬之介を尾行る丈吉を見付けて追ったのだ。

「金沢藩の目付か……」

「はい。柊左馬之介、越前屋の番頭の善造を嵌めた口入屋のおときが、おせいさんだと気が付いたようです」

丈吉は眉をひそめた。

「うむ。お前の結び文を貰い、吉五郎が駆け付けた筈だが、おせいは……」

「恵比寿屋は大戸を閉めていましてね。中にいるかどうかは分かりません」

「そうか……」

「行ってみますか……」

「うむ……」

勘兵衛は、丈吉と共に上野元黒門町の口入屋『恵比寿屋』に向かった。

大戸を閉めた口入屋『恵比寿屋』の表には、大勢の人が行き交っていた。

勘兵衛は立ち止まった。

「お頭……」

丈吉は戸惑った。

「既に金沢藩の目付たちが、見張りの網を張り巡らせているやもしれぬ」

勘兵衛は、口入屋『恵比寿屋』の周囲を鋭い眼差しで窺った。

斜向かいの茶店では、数人の客が茶を飲んでいた。客の中には、鬢盥を傍に置いた女廻り髪結もいた。

「じゃあ……」

丈吉は戸惑った。

「うむ。恵比寿屋に行かず、近付く者を見張るのだ」

勘兵衛は命じた。

「承知……」

丈吉は、緊張した面持ちで頷いた。

金沢藩目付の探索は、ゆっくりだが確実に近付いてきている。

最早、身を潜めているだけにはいかないのかもしれない。

勘兵衛は、不敵な笑みを浮かべた。


「塗笠を目深に被った着流しの侍か……」

黒沢兵庫《くろさわひょうご》は眉をひそめた。

「はい。後を尾行てきた男を捕える邪魔を……」

柊左馬之介は、悔しげに頷いた。

「木島《きじま》、霞一味の音松を捕える邪魔をしたのも着流しの侍だったな」

「左様にございます」

木島源之助《げんのすけ》は頷いた。

「同じ者か……」

黒沢は睨んだ。

「おそらく間違いないでしょう」

木島は頷いた。

「ならば、霞の伊平一味の者ですか……」

左馬之介は読んだ。

「うむ……」

黒沢は頷いた。

「黒沢さま……」

島野又八郎《しまのまたはちろう》は、困惑した面持ちで膝を進めた。

「何だ……」

「盗賊の眠り猫ですが、噂では浪人だと……」

島野は、盗賊眠り猫の手掛かりを摑めないでいるのを恥じていた。

「眠り猫は浪人……」

黒沢は、厳しさを浮かべた。

「はい。で、剣の腕も立つと……」

島野は告げた。

「ならば、邪魔をした塗笠を目深に被った着流しの侍は、盗賊の眠り猫ですか……」

左馬之介は読んだ。

「かもしれぬ……」

島野は頷いた。

「盗賊の眠り猫か……」

黒沢は、塗笠を目深に被った浪人の姿を想い浮かべた。

「では島野。越前屋に押し込んだ盗賊も眠り猫だと申すのか……」

木島は、島野に問い質した。

「それが、噂によれば、盗賊眠り猫は押し込み先の金蔵に必ず千社札《せんじやふだ》を残すそうだが、越前屋の金蔵にはなかった筈……」

島野は眉をひそめた。

「うむ……」

木島は頷いた。

「よし。越前屋の金蔵をもう一度詳しく検《あらた》めてみよう」

黒沢は告げた、

「はい……」

島野は頷いた。

「して左馬之介、善造を嵌めた口入屋のおとき、恵比寿屋のおせいと申す女主に相違ないのだな」

「おそらく……」

左馬之介は頷いた。

「それで、店の大戸を閉めて留守を装い、潜んでいると申すか……」

「はい。人が潜んでいる気配が微かに……」

左馬之介は、口入屋『恵比寿屋』の大戸の僅かな隙間に人影らしき物を見ていた。

「ならば見張りは……」

「おゆきや伊佐吉《いさきち》たちを……」

左馬之介は、密偵たちに口入屋『恵比寿屋』に出入りする者を見張らせていた。

「よし。左馬之介、此処は焦らず、塗笠を目深に被った着流しの侍が現れるのを待て……」

黒沢は命じた。

「心得ました」

左馬之介は頷いた。

「黒沢さま……」

用部屋に家来がやって来た。

「どうした」

「御留守居役の横山《よこやま》さまがお呼びにございます」

「心得た。直ぐに参る」

黒沢は頷いた。


金沢藩江戸留守居役の横山織部《おりべ》は、不機嫌な面持ちで待っていた。

「横山さま、黒沢兵庫にございます」

「入るが良い……」

横山は、黒沢を己の傍に招いた。

「はっ……」

黒沢は、横山の近くに進んだ。

「黒沢、村正《むらまさ》の短刀は如何《いかが》致した」

横山は声を潜めた。

「はい。只今、越前屋に押し込んだ盗賊とその行方を追っています」

「盗賊が何処の誰か分かったのか……」

「はい。ほぼ……」

「ならば、村正の短刀、間もなく取り戻せるのだな」

横山は、微かな安堵を過《よ》ぎらせた。

「ですが、相手は盗賊。既に高値で好事家《こうずか》に売り払ったやもしれませぬ」

「では、村正を取り戻すのには、未だ未だ時が掛かると申すか……」

横山は眉を曇らせた。

「おそらく……」

黒沢は頷いた。

「だが黒沢、村正の刀、短刀、槍が徳川家に禍《わざわい》を及ぼし忌み嫌われているのは天下の知る処だが、あの短刀の刀箱に秘められた藩祖利家公の置文《おきぶみ》が御公儀に知れれば、如何に百万石の大藩の前田家でも只では済まぬ」

横山は、不安と苛立《いらだ》ちを露にした。

「仰《おっしゃ》る迄もなく、そのような事は確《しか》と心得ております」

黒沢は、厳しい面持ちで横山を見据えた。

「う、うむ……」

「して横山さま。村正の短刀の一件、殿や御家老にはお報せ致したのですか……」

「勿論だ。殿や御家老も甚《いた》く御心配され、一刻も早く取り戻せとの仰せだ」

「心得ました。それにしても横山さま、何故に村正の短刀、越前屋に預けられたのですか」

「実はな黒沢、老中水野忠成《みずのただあきら》さまが、我が殿に金沢藩には神君家康公に禍を及ぼした村正の短刀があるそうだなと尋ねて来た」

「老中の水野忠成さまが……」

黒沢は眉をひそめた。

沼津《ぬまづ》藩主の水野忠成は、将軍家斉《いえなり》の厚い信任を受けて絶大な権勢を誇る老中だった。

「うむ。その時、殿は咄嗟にないと仰った」

「えっ……」

黒沢は戸惑った。

「殿としては、水野忠成と深い拘《かか》わりを持ちたくない余り、思わず口走ったそうだ」

「して水野忠成、殿のお言葉に得心したのですか……」

「分からぬ。分からぬだけに恐ろしく、水野忠成の手の者の侵入を恐れ、江戸家老の原田《はらだ》さまが村正の短刀を逸早く越前屋の金蔵に隠したのだ」

横山は、苦しげに顔を歪《ゆが》めた。

「慌てて打った小細工が裏目に出ましたか……」

黒沢は苦笑した。

「とにかく黒沢、村正の短刀、一刻も早く取り戻すのだ」

横山は、焦りに喉を引き攣らせた。


下谷広小路は相変わらず賑わっていた。

丈吉は、行き交う人越しに大戸を閉めた口入屋『恵比寿屋』を眺めた。

吉五郎は、駒形堂裏の仕舞屋に戻ってはいなかった。

おせいは、下手に動けば危ないだけだ。

吉五郎は、身を潜めたおせいと一緒なのだ。

丈吉は、口入屋『恵比寿屋』を見張っている筈の金沢藩目付を捜した。だが、それらしき者は見付けられなかった。

おそらく見張りは身を隠し、丈吉と同じように『恵比寿屋』を訪れる者が現れるのを待っているのだ。

我慢較《くら》べだ……。

丈吉は苦笑した。


加賀国金沢藩江戸上屋敷は、百万石を超える大名家らしく広大な敷地を誇っていた。

勘兵衛は、目深に被った塗笠をあげて金沢藩の江戸屋敷を眺めた。

如何に百万石の大名家で格式や規模を誇ろうが、広ければ広い程に警戒は手薄になって緩むものだ。

いつかは忍び込む……。

勘兵衛は、金沢藩江戸上屋敷を冷めた眼で見詰めた。

表門脇の潜り戸が開き、目付の木島源之助と島野又八郎が出て来た。

勘兵衛は、物陰から見守った。

木島と島野は、本郷《ほんごう》の通りを足早に湯島に向かった。

勘兵衛は追った。

二

呉服屋『越前屋』の奥の金蔵は、暗く冷え冷えとしていた。

木島源之助と島野又八郎は、狭い金蔵の中を龕燈《がんどう》の明かりで照らした。

金蔵には千両箱や金箱があり、棚には骨董品の納められた桐箱が並べられていた。

「眠り猫の千社札ですか……」

主の喜左衛門《きざえもん》は、戸惑った面持ちで尋ねた。

「ええ。千両箱の中や骨董品の桐箱に貼ってなかったのですな」

「はい。何処にも……」

喜左衛門は、首を横に振った。

「そうですか……」

木島は頷いた。

「木島……」

島野が、緊張した声で呼んだ。

「どうした……」

「あれを見ろ……」

島野は、暗い天井の隅に貼られた眠り猫の絵柄の千社札を龕燈で照らした。

「眠り猫か……」

木島は眉をひそめた。

「間違いあるまい」

島野は、厳しい面持ちで頷いた。

盗賊の眠り猫……。

木島と島野は、呉服屋『越前屋』の金蔵を破り、二百両の小判と村正の短刀を盗んだ盗賊を眠り猫だと見定めた。

「木島さま、島野さま、あの千社札は……」

喜左衛門は、眠り猫の千社札を怪訝《けげん》に見上げた。

「喜左衛門どの、どうやら此の金蔵を破ったのは、眠り猫と称する盗賊だ」

木島は告げた。

「眠り猫……」

喜左衛門は、眉をひそめて呟いた。

呉服屋『越前屋』の斜向かいの蕎麦屋に客は少なかった。

勘兵衛は、蕎麦屋の窓から呉服屋『越前屋』を窺いながら酒を飲んだ。

呉服屋『越前屋』は、手代や小僧たちが忙しく仕事をしていた。

勘兵衛は、四番番頭の善造を思い出した。

「酒を頼む……」

勘兵衛は、小女に酒を注文した。

「はい、只今……」

僅かな刻が過ぎ、小女が酒を持って来た。

「おまちどおさまでした」

「越前屋の善造、達者にしているかな」

勘兵衛は、小女に尋ねた。

「善造って、四番番頭の善造さんですか」

小女は、窓の外の呉服屋『越前屋』を一瞥《いちべつ》した。

「うむ……」

「善造さん、病になって、お店を休んでいるって小僧の直助《なおすけ》さんが云っていましたよ」

小女は、気の毒そうに告げた。

「そうか、病で休んでいるのか……」

善造は、盗賊に内通したと云っても騙《だま》されての事だ。

主の喜左衛門は、病と称して善造を謹慎させているのかもしれない。

勘兵衛は、そうである事を願った。

金沢藩目付の木島源之助と島野又八郎は、呉服屋『越前屋』に入ったまま出て来なかった。

金蔵を詳しく検めている……。

勘兵衛の勘が囁いた。

僅かな刻が過ぎ、木島と島野が呉服屋『越前屋』から出て来た。

木島と島野は、勢い込んだ足取りで来た道を戻り始めた。

眠り猫の千社札を見付けた……。

勘兵衛は、木島と島野の足取りを読んだ。

村正の短刀を盗んだ盗賊が、眠り猫だと漸《ようや》く見定める事が出来たのだ。

勘兵衛は、小女に酒代を払って蕎麦屋を出た。

おせいと吉五郎は、口入屋『恵比寿屋』の大戸の隙間から表を窺っていた。

店の表には多くの人が行き交っているだけで、見張っている者は窺えなかった。

「何処から見張っているのやら……」

おせいは眉をひそめた。

「ああ。だけど、お頭や丈吉が現れない処をみると、見張りがいるのは間違いないだろうな」

吉五郎は、事態を読んだ。

見張りがいなければ、勘兵衛か丈吉が連絡《つなぎ》を取りに来る筈だ。

「ええ……」

おせいは頷いた。

「よし。おせいさん、裏の家から脱け出してお頭の処に行くか……」

「そうですねえ。じゃあ吉五郎さん、私は裏の家に隠れているから、一人でお頭に報せに行って下さいな」

「一人で残って大丈夫かい……」

「そりゃあもう。金沢藩の目付に知り合いなんかいませんから、裏の家から出て行けば大丈夫ですよ」

「おせいさん、俺たちも知らない奴を見張る時は、顔を知っている者に金を握らせて相手を見定める。油断はならないぜ」

吉五郎は心配した。

「分かっていますよ。裏の家の中でじっとしていますよ」

おせいは笑った。


口入屋『恵比寿屋』を見張るのに一番都合の良い場所は何処だ……。

丈吉は、口入屋『恵比寿屋』の周囲を見廻した。

自分なら何処から見張る……。

丈吉は、己に訊きながら見廻し、斜向かいの茶店に眼を止めた。

俺なら茶店の二階から口入屋『恵比寿屋』を見張る……。

丈吉は、斜向かいの茶店を窺った。

茶店の二階の窓辺には、女の姿が僅かに見えた。

女……。

丈吉は、女が茶店の縁台で茶を飲んでいた廻り髪結だと気が付いた。

見張りだ……。

丈吉は、茶店の二階の窓辺にいる廻り髪結の女を金沢藩目付の手先と見定めた。

茶店の二階の座敷の窓辺には、廻り髪結の女の他に呉服屋『越前屋』の四番番頭の善造が緊張した面持ちでいた。

「善造、お前を騙した口入屋のおときは、必ず現れる。見逃すなよ」

柊左馬之介は、善造に厳しく告げた。

「は、はい……」

善造は、喉を鳴らして頷いた。

左馬之介は、茶店の主に金を握らせて二階の座敷を借り、口入屋『恵比寿屋』の見張り場所にした。

「柊さま、ちょいと突いてみましょうか……」

廻り髪結の女は、微かな苛立ちを浮かべた。

「焦《あせ》るなおゆき、もう暫く様子を見てからだ」

左馬之介は苦笑した。

「分かりました……」

おゆきと呼ばれた廻り髪結の女は、不服そうに頷いた。

「柊さま……」

遊び人風の形《なり》をした男が、階段を上がって来た。

「伊佐吉、何か分かったか……」

左馬之介は、遊び人風の男を伊佐吉と呼んで迎えた。

「ええ。恵比寿屋の隣り近所の店にそれとなく探りを入れたのですが、女主人のおせいが出掛けたのを見た者は一人もいないんですよ」

伊佐吉は、狡猾《こうかつ》な薄笑いを浮かべた。

「出掛けたのを見た者はいない……」

左馬之介は眉をひそめた。

「はい。ひょっとしたら、店を閉めて中に潜んでいるのかも……」

伊佐吉は読んだ。

「ならば伊佐吉、恵比寿屋の様子を詳しく探ってみろ」

「心得ました」

伊佐吉は、素早く階段を駆け降りて行った。

遊び人風の男が、茶店の二階から降りて来て下谷広小路に向かった。

金沢藩目付の手先……。

丈吉は、縁台に腰掛けて茶を飲みながら見送った。

遊び人風の男は、下谷広小路の雑踏を抜けて斜向かいの口入屋『恵比寿屋』に向かって行った。

様子を窺いに行く……。

丈吉は睨み、遊び人風の男を見守った。

おせいと吉五郎は、口入屋『恵比寿屋』の裏の家に移った。そして、居間の雨戸を開けた。

陽差しが居間に溢《あふ》れた。

居間の外には小さな庭があり、垣根越しに『恵比寿屋』の裏手が見えた。

おせいは、素人《しろうと》のおかみさん風の地味な着物に着替え、吉五郎に茶を淹《い》れて差し出した。

「いいね、おせいさん。万が一の時はさっさと逃げるんだよ」

吉五郎は云い聞かせた。

「心得ていますよ」

おせいは笑った。

「じゃあ、ちょいと行って来ますよ」

吉五郎は、茶を飲んで立ち上がった。


小さな家の前は裏通りであり、行き交う人は少なかった。

吉五郎は、小さな家を出て辺りを窺った。

不審な者はいない。

吉五郎は見定め、足早に下谷広小路に向かった。


吉五郎は、裏通りから下谷広小路に出た。

下谷広小路は賑わっていた。

吉五郎は、口入屋『恵比寿屋』の向かい側に連なる店を窺った。

その中に茶店があり、縁台に丈吉が腰掛けていた。

丈吉は、やはり金沢藩目付の見張りを警戒して外から見張っていたのだ。

吉五郎は、人込みに紛れて丈吉のいる茶店に近付いた。


遊び人風の男は、口入屋『恵比寿屋』の表に佇み、大戸の閉められた中の様子をそれとなく窺っていた。

何かがあれば直ぐに駆け付ける……。

丈吉は、遊び人風の男の動きを注意深く見詰めていた。

吉五郎は、茶店の者に茶を頼んで丈吉の隣りに腰掛けた。

「茶を頼みますよ」

「親方……」

丈吉は気付いた。

「金沢藩の目付か……」

「ええ。手先です」

丈吉は、口入屋『恵比寿屋』の前にいる遊び人を見詰めた。

吉五郎は、丈吉の視線を追って遊び人風の男を見定めた。

「で、奴らの見張り場所は何処だい」

「此処の二階ですよ」

丈吉は、悪戯《いたずら》っぽく笑った。

吉五郎は、思わず二階を見上げて苦笑した。

「それはそれは……」

「で、親方、姐《あね》さんは……」

「丈吉、おせいさんに抜かりはないよ」

「えっ、どう云う事ですか……」

丈吉は眉をひそめた。

「おせいさん、由蔵さんにも内緒で、裏の小さな家を買い取ってあってな。そこにいるよ」

「じゃあ、恵比寿屋にはいなんですね」

「ああ。恵比寿屋は蛻《もぬけ》の殻《から》。だが、下手に動けば、見張りに見付かる恐れがあるってんで、裏の家にな」

「そうでしたか……」

丈吉は安心した。

「で、丈吉、お頭は……」

「金沢藩の目付頭たちの動きを探っています」

「そうか……」

吉五郎と丈吉は、口入屋『恵比寿屋』の様子を窺っている遊び人風の男を見守りながら話し続けた。

千社札に描かれた眠り猫は、微笑みを浮かべて眠っている。

「おのれ、眠り猫……」

金沢藩目付頭の黒沢兵庫は、呉服屋『越前屋』に押し入った盗賊を眠り猫の仕業だと見定めた。

「木島、島野、盗賊の眠り猫は、塗笠を目深に被った着流しの侍に間違いないな」

「はい……」

木島と島野は頷いた。

「そして、一味には善造を誑《たぶら》かした口入屋の女と左馬之介を尾行た若い男がいるか……」

黒沢は眉をひそめた。

「黒沢さま、一味の者、他にはいないのでしょうか……」

島野は、身を乗り出した。

「今の処、それらしき者は聞かぬが、盗賊一味の者が二人だけと云う事はあるまい。島野、他にどのような者たちがいるのか調べろ」

「心得ました」

島野は頷いた。

「木島、その方、刀剣商を廻り、盗まれた村正の短刀の噂が流れていないか探って参れ」

黒沢は命じた。

「承知しました。では……」

木島と島野は、黒沢に一礼して座を立って行った。

「盗賊眠り猫か……」

分かっている事は、塗笠を目深に被った着流しの浪人だと云う事だけだ。

どのような男なのだ……。

黒沢は、眠り猫の千社札を見詰めた。

千社札に描かれている眠り猫は、やはり微笑んでいた。

勘兵衛は、おせいの動きを知った。

「そうか。おせい、裏の家を秘かに買い取っていたのか……」

「はい。で、下手に動いて捕まったり、後を尾行られてお頭やあっしたちの事が突き止められては大変だと云い、その裏の家に隠れていますよ」

吉五郎は苦笑した。

「うむ。だが、金沢藩の目付が恵比寿屋を見張っている限り、油断は出来ぬ」

「はい。今は丈吉が目付たちを見張っていましてね、何かあれば直ぐにおせいさんを連れて逃げる手筈です」

「そうか……」

勘兵衛は眉をひそめた。

「お頭、何か……」

吉五郎は戸惑った。

「危ないな……」

勘兵衛は告げた。

「お頭……」

「吉五郎、今の内におせいを此処に移せ」

「えっ……」

吉五郎は戸惑った。

「金沢藩の目付も、村正を盗んだ盗賊は眠り猫だと気付いた。探索を急ぎ、厳しくなる筈だ。こちらも護りを固めるのだ」

勘兵衛は、厳しさを滲ませた。

吉五郎は、勘兵衛の情況に対する読みが厳しいのを知った。

「承知しました。では、今夜の内に……」

吉五郎は、勘兵衛の言葉に従うことにした。

「うむ……」

勘兵衛は頷いた。


東叡山寛永寺は夕陽に輝いた。

下谷広小路を行き交う人も少なくなり、賑わいは衰えた。

金沢藩目付の手先の遊び人風の男は、口入屋『恵比寿屋』とその周囲を嗅ぎ廻っていた。そして、茶店の二階の見張り場所にいる者たちにも動きはない。

口入屋『恵比寿屋』に変わった様子はないと見ているのだ。
丈吉は見張った。
四半刻が過ぎた。
夕陽は沈み掛け、下谷広小路を行き交う人も僅かになった。
前掛をしたおかみさんが、裏通りから下谷広小路に出て来た。
丈吉は、前掛をしたおかみさんの物腰に見覚えがあった。
姐さん……。
丈吉は、前掛をしたおかみさんがおせいだと気が付いた。
おせいは、何気ない様子で口入屋『恵比寿屋』の表を窺った。
しまった……。
丈吉は狼狽《うろた》えた。
おせいは、隠れているのに退屈して様子を見に来たのだ。
丈吉は焦り、思わず茶店の二階の窓を見上げた。

三

廻り髪結のおゆきと善造は、茶店の二階の座敷から口入屋『恵比寿屋』を見張り続けていた。

「柊さま……」

善造は、声を弾ませた。

「どうした……」

左馬之介は、善造のいる窓辺に寄った。

善造は、裏通りから下谷広小路に佇んで口入屋『恵比寿屋』を眺めている前掛をしたおかみさんを指差した。

「お、おときです……」

善造は、声を震わせた。

「あの前掛をした女か……」

左馬之介は、前掛をしたおかみさんを見定めた。

「はい。口入屋のおときです。間違いございません」

善造は、声を震わせて頷いた。

「おゆき、前掛をした女から眼を離すな」

「はい……」

左馬之介は、おゆきにそう云い残して二階から駆け下りた。

おせいは、踵を返して裏通りを戻った。
擦れ違った遊び人風の形をした伊佐吉が、思わず振り返った。
おせいは、裏通りを進んで行った。
伊佐吉は怪訝《けげん》な面持ちで見送り、下谷広小路に向かった。

茶店の二階から左馬之介が駆け下り、下谷広小路の向こうの裏通りに走った。
気が付かれた……。
丈吉は、慌てて追った。

裏通りから下谷広小路に出た処に、前掛をした女は既にいなかった。
左馬之介は辺りにいないのを見定め、茶店の二階の窓を見た。
茶店の二階の窓辺にいたおゆきが、裏通りの奥を指差した。
左馬之介は、裏通りに入った。
丈吉は、物陰から見守った。

左馬之介は、裏通りを進んだ。

「柊さま……」

伊佐吉が、左馬之介に駆け寄った。

「伊佐吉、前掛をした女を見掛けなかったか」

「前掛をした女ですかい……」

「うむ」

「その女ならこの通りを行きましたが、柊さま、やっぱりあの女が……」

「ああ、善造を騙した口入屋のおときこと恵比寿屋のおせいだ。良く分かったな」

「はい。前掛をしたおかみさんに伽羅《きゃら》の香りは似合いませんからね」

伊佐吉は、おせいと擦れ違った時、伽羅の香りを嗅ぎ取ったのだ。

「そうか。して、おせいはどうした」

左馬之介は、裏通りを見据えた。

「どうしたか迄は見定めませんでしたが、おそらくあの辺りの家に入ったかと……」

伊佐吉は、小さな家の辺りを示した。

「よし。秘かに検めるのだ」

「はい……」

左馬之介と伊佐吉は、おせいの入った家を探し始めた。

拙《まず》い……。

丈吉は焦った。

日は暮れ、裏通りの家々に明かりが灯り始めた。

丈吉は、口入屋『恵比寿屋』の裏手に廻り、垣根を越えて小さな家の庭に忍び込んだ。

小さな家の雨戸は閉められ、隙間から明かりが洩れていた。

丈吉は、雨戸に忍び寄って小さく叩いた。

二回、一回、二回……。

丈吉は、眠り猫一味の合図の叩き方をした。

「誰です」

おせいの声がした。

「あっしです」

丈吉は囁いた。

おせいは、雨戸を僅かに開けて顔を見せた。

「姐さん……」

「どうしたんだい」

おせいは眉をひそめた。

「金沢藩の目付に気付かれたようです」

丈吉は囁いた。

「何だって……」

おせいは緊張した。

闇から伊佐吉が現れ、匕首を翳《かざ》して丈吉に襲い掛かった。

丈吉は咄嗟《とっさ》に躱し、伊佐吉を殴り飛ばした。

「逃げて下さい」

丈吉は、おせいに叫んで懐の匕首を握った。

伊佐吉は、無言のまま匕首を振るった。

匕首は煌《きら》めいた。

丈吉は、伊佐吉の匕首を躱し、懐の匕首を抜き態《ざま》に一閃した。

伊佐吉の頬が斬られ、血が飛んだ。

「畜生……」

伊佐吉は怯んだ。

丈吉は、血に濡れた匕首を握って伊佐吉に迫った。


おせいは、戸口に逃げた。そして、格子戸《こうしど》を開けて外に出た。

刹那、左馬之介が立ちはだかり、おせいの鳩尾《みぞおち》に拳を叩き込んだ。

おせいは、驚く暇もなく気を失って崩れた。

左馬之介は、崩れるおせいを肩で受けて担ぎ上げた。

「何をしている」

やって来た吉五郎が、血相を変えておせいを担いだ左馬之介に駆け寄った。

「邪魔だ、下郎」

左馬之介は、おせいを担いだまま抜き打ちの一刀を吉五郎に放った。

吉五郎は、肩から血を飛ばして倒れた。

左馬之介は、おせいを担いだまま不忍池に向かった。

「お、おせいさん……」

吉五郎は、必死に立ち上がろうとした。だが、斬られた肩の傷がそれを許さなかった。

左馬之介は、おせいを担いで夜の闇に消え去った。

丈吉が、血に汚れた匕首を握り締めて小さな家から飛び出して来た。そして、倒れている吉五郎に気が付いた。

「親方……」

丈吉は驚き、吉五郎に駆け寄った。

「じ、丈吉……」

吉五郎は、顔を苦しく歪めた。

「しっかりして下さい」

丈吉は、吉五郎を抱き起こした。

「お、おせいさんが……」

吉五郎は、嗄《しやが》れ声を震わせて気を失った。

「親方……」

おせいが連れ去られ、吉五郎は斬られた。

丈吉は、激しく狼狽《うろた》えた。

大川には幾つもの船明かりが浮かんでいた。
勘兵衛は、仕舞屋の屋根の上にあがって周囲を窺った。
人の気配は、仕舞屋の隣りの小料理屋『桜《さくら》や』に出入りする馴染客《なじみきゃく》の他になかった。
潜んでいる者はいない……。
勘兵衛は見定め、屋根を降りて周囲の道の闇を透かし見た。
何処にも人影はなかった。
勘兵衛は、周りの闇に殺気を放ち、反応を窺った。
反応はなかった。
どうやら追っ手はいない……。
勘兵衛は、見定めて仕舞屋に入った。
小料理屋『桜や』から、馴染客の屈託のない笑い声が響いた。
仕舞屋の座敷には酒の香りが漂っていた。
吉五郎は、意識を失ったまま横たわっていた。

丈吉は、吉五郎の斬られた肩の傷を酒で洗い、血止めをしていた。

「どうだ。血は止まったか……」

吉五郎の肩の刀傷は思ったより浅手であり、命に拘わるものではなかった。

「はい。どうにか。それより、追っ手は……」

丈吉は心配した。

「大丈夫だ」

「良かった……」

丈吉は、安堵の吐息を洩らした。

斬られた吉五郎を運ぶのに気を取られ、追っ手の警戒を怠った。だが、心配は無用だったようだ。

「して丈吉、おせいは金沢藩の目付に捕われ、連れ去られたのだな」

「はい。俺が見張っていながら、申し訳ありませんでした」

丈吉は詫びた。

「いや。丈吉が謝る必要はない」

「お頭……」

「善造を騙した口入屋のおときが、おせいだと気付かれた時、さっさと此処か黒《くろ》猫庵《ねこあん》に移せば良かったのだ。頭の私の手落ちだ」

勘兵衛は、己を責めた。

「姐さん、金沢藩の上屋敷に連れて行かれたのですかね」

丈吉は読んだ。

「うむ。おそらくおせいを責め、眠り猫の居場所と村正の短刀の在処《ありか》を聞き出すつもりだろう」

勘兵衛は、墨を磨《す》って手紙を書き始めた。

「お頭……」

丈吉は戸惑った。

「丈吉、明日、吉五郎を医者に診せて黒猫庵に連れて行き、養生させろ」

「承知しました。で、お頭は……」

「うむ。私は金沢藩の者共がおせいに手荒な真似をしないように手を打つ……」

勘兵衛は、手紙を書きながら不敵な笑みを浮かべた。

暗い部屋には、微かに黴《かび》の臭いがした。

おせいは、闇の中で気を取り戻した。

部屋は板の間であり、己の手足が縛られているのを知った。

何処だ……。

おせいは、捕えられた時を思い起こした。

家を出た途端に襲い掛かって来た男は、金沢藩の目付だったのだ。そして、捕えられ、何処かに連れ込まれたのだ。

丈吉は、遊び人風の男と匕首を振るって渡り合っていたが、無事なのか……。

おせいは、丈吉の身を心配した。

口入屋『恵比寿屋』のある上野元黒門町と、本郷の金沢藩江戸上屋敷は遠くはない。

おそらく、此処は金沢藩の江戸上屋敷なのだ……。

おせいは睨み、周囲の様子を窺った。

周囲は静けさに覆われており、人の足音や話し声は一切聞こえなかった。

おせいは、自分がこれからどうなるかを読んだ。

金沢藩の目付は、眠り猫の一味の者と盗まれた村正の短刀の在処を問い質してくる。そして、云わない自分を拷問に掛ける。

拷問に情け容赦はなく、凄惨を極める筈だ。

死ぬ……。

拷問に掛けられるぐらいなら、舌を噛み切って死んでやる。

おせいは、嘲笑を浮かべた。

嘲笑が金沢藩目付に向けたものなのか、自分に対するものなのか、おせい自身にも分からなかった。

何《いず》れにしろ、死ぬ覚悟は出来た。

おせいは、闇を見詰めた。

勘兵衛、吉五郎、丈吉たちの顔が闇に浮かんだ。

おせいは、思わず微笑んだ。


燭台の火は揺れた。

「おせいを捕える時、初老の男が邪魔に入ったのだな」

目付頭の黒沢兵庫は、配下の柊左馬之介に念を押した。

「はい。それに伊佐吉に深手を負わせた若い男。今の処、眠り猫の一味は、その三人かと思われます」

左馬之介は告げた。

「うむ。そして、眠り猫と思われる塗笠を目深に被った着流しの侍……」

「四人ですか……」

「うむ。力尽くで押し込み、有り金のすべてを奪う盗賊とは違い、誰にも気付かれずに忍び込み、狙っただけの金を盗んで消える眠り猫だ。一味の人数としては充分なのかもしれぬな」

黒沢は読んだ。

「もしそうなら、眠り猫、腕に覚えのある恐ろしい盗賊ですね……」

左馬之介は、塗笠を目深に被った着流しの侍を思い浮かべた。

「うむ。その辺にいる只の盗賊でないのは確かだ……」

黒沢は頷いた。

「おせいを厳しく責め、眠り猫の正体、必ず吐かせてやります」

左馬之介は冷たく笑った。

三河《みかわ》国岡崎《おかざき》藩江戸下屋敷の大屋根の上からは、向かい側の金沢藩江戸上屋敷が見える。

勘兵衛は、錏頭巾《しころずきん》に忍《しの》び装束《しょうぞく》で身を固めて金沢藩江戸上屋敷を見下ろした。

金沢藩江戸上屋敷の敷地は広大であり、表御殿と奥御殿、重臣たちの屋敷、侍長屋、中間《ちゅうげん》長屋、奉公人長屋、土蔵、作事小屋、厩《うまや》などがあり、その周囲の庭などは闇となって際限なく続いていた。

おせいは、この広大な金沢藩江戸上屋敷の何処かに捕われている。

勘兵衛は、幾つもの明かりの灯されている表御殿を見据えた。そして、半弓《はんきゅう》を取り出して結び文をつけた矢を番《つが》え、弦を引き絞った。

弦はきりきりと音を鳴らした。

勘兵衛は、明かりの灯されている部屋を目掛けて矢を放った。

矢は空を切って飛び、明かりの灯されている部屋の障子を貫いて消えた。

次ぎの瞬間、部屋の障子を開けて二人の家臣が廊下に飛び出して来て身構え、辺りを窺った。

勘兵衛は、岡崎藩江戸下屋敷の大屋根の上から立ち去った。

目付頭の黒沢兵庫は、家臣の持って来た結び文を開いた。

結び文には、〃目付頭黒沢殿〃と上書きされていた。

黒沢は、結び文を読んだ。

左馬之介は、緊張した面持ちで見守った。

「おのれ……」

黒沢は、結び文を読み終えた。

「黒沢さま……」

「眠り猫だ」

黒沢は、静かに告げた。

「眠り猫……」

左馬之介は驚いた。

「左様……」

「眠り猫が何と……」

左馬之介は身を乗り出した。

「おせいに掠り傷の一つでも負わせると、村正の短刀、刀箱ごと公儀に届けると、云ってきおった」

「村正の短刀……」

左馬之介は眉をひそめた。

「左様、刀箱ごとな……」

黒沢は、沈痛な面持ちで頷いた。

「刀箱ですか……」

左馬之介は戸惑った。

「まあ、良い……」

左馬之介は、村正の刀箱に秘められた藩祖利家公の置文の存在をしらない。如何に腹心の配下であろうが、藩の秘事は洩らせない。

黒沢は慎重だった。

「左馬之介、取り敢えず、おせいの詮議は尋問だけにし、拷問は控える」

黒沢は、腹立たしげに告げた。

「黒沢さま……」

左馬之介は驚いた。

「左馬之介……」

黒沢は遮《さえぎ》った。

「はい……」

「事は加賀金沢藩前田家の浮沈に拘わる大事だ。早まってはならぬ」

黒沢は、厳しく申し渡した。

「はい……」

左馬之介は、悔しげに頷いた。

「左馬之介、悔しければ、おせいに頼らずに眠り猫の居場所を突き止め、一刻も早く村正の短刀と刀箱を取り戻すしかないのだ」

黒沢は、苦渋《くじゅう》に満ちた面持ちで告げた。

先《ま》ずは、おせいを無事に助ける……。

その為には、村正の短刀と刀箱を渡しても良い。

駆け引きだ……。

盗賊風情《ふぜい》が、加賀百万石に勝負を挑むのも面白い。

相手に取って不足はない……。

勘兵衛は、不敵な笑みを浮かべた。

四

根岸《ねぎし》の里、時雨《しぐれ》の岡《おか》には蟬《せみ》の鳴き声が満ちていた。

黒猫庵からは薬湯の臭いが漂っていた。

吉五郎は、丈吉に伴われて医者の手当てを受け、黒猫庵に連れて来られた。

肩の刀傷は、勘兵衛の見立て通り命に拘わるものではなかった。

「お頭、お陰さまでどうやら命拾いをしたようです」

吉五郎は、勘兵衛に笑って見せて直ぐに真顔になった。

「それよりお頭、おせいさんは……」

「どうやら、金沢藩の江戸上屋敷に連れ去られたようだ」

「あっしが遅かったばかりに……」

吉五郎は、後悔に顔を歪めた。

「心配するな吉五郎、おせいは無事に救い出す」

「お願いします」

吉五郎は、半身を起こして勘兵衛に頭を下げた。

「親方……」

丈吉は、吉五郎を寝かせた。

「丈吉、俺は一人で大丈夫だ。お頭のお手伝いをしてくれ」

吉五郎は、丈吉に頼んだ。

「お頭……」

丈吉は、勘兵衛の指示を待った。

「分かった吉五郎。おせいを助け出す時には丈吉に手伝って貰う。だが、今は未だだ」

勘兵衛は微笑んだ。

盗賊眠り猫が矢文を射込んだ部屋は、宿直《とのい》の者たちの休息所だった。

眠り猫は、何処から矢文を射たのだ……。

黒沢兵庫は、休息所の廊下に立って矢文を射た場所を探した。

休息所の前には狭い庭があり、板の内塀が廻されている。そして、内塀の外には、長屋門の中間長屋と侍長屋の屋根が連なっていた。

中間長屋か侍長屋の上から射込んだのかもしれない。だが、もしそうであれば、見張りや見廻りの番士が気付く筈だ。

だとすれば……。

黒沢は、長屋門の屋根の連なりの向こうを眺めた。

視線の先には、本郷の通りを挟んだ三河国岡崎藩江戸下屋敷の大屋根が僅かに見えた。

あそこか……。

黒沢は、眠り猫は岡崎藩江戸下屋敷の大屋根から矢文を射込んだと睨んだ。

眠り猫は、おせいを返せと再び連絡を取って来る筈だ。

その連絡が、再び矢文かどうかは分からない。だが、備えは必要だ。

黒沢は、岡崎藩江戸下屋敷の大屋根を眼を細めて眺めた。

「黒沢さま……」

島野又八郎がやって来た。

「どうした、島野……」

「はい。御用達の刀剣商真命堂《しんめいどう》の主道悦《どうえつ》に聞いたのですが、村正の短刀、刀剣商の間では噂にはなっていないそうにございます」

島野は告げた。

「島野、真命堂道悦たちは世間に名の通った刀剣商だ。盗賊は盗んだ物を故買屋《こばいや》に売ると聞く、その辺はどうなのだ」

黒沢は、微かな苛立ちを滲ませた。

「分かりました。直ぐに……」

島野は、想いの至らなかった己を恥じるように俯《うつむ》き、足早に立ち去った。

黒沢は、厳しい面持ちで見送った。

詮議部屋は武者窓が開けられ、幾つもの斜光が差し込んでいた。

左馬之介は、縛りあげたおせいを板の間に引き据えた。

おせいは、差し込んでいる陽差しを眩しげに見詰めた。

黒沢は、冷徹な眼でおせいを見据えた。

目付頭の黒沢兵庫……。

おせいは、必死に見返した。

「口入屋恵比寿屋おせい、盗賊眠り猫は何処に潜んでいる」

黒沢は、単刀直入に訊いた。

「さあ、知りませんよ。そんな事……」

おせいは嘯《うそぶ》いた。

「惚けるな、おせい。お前が盗賊眠り猫の一味なのは割れているのだ」

左馬之介は、おせいの胸倉を鷲摑《わしづか》みにして平手打ちを加えた。

おせいの髪が激しく揺れ、簪《かんざし》が抜けて飛んだ。

「左馬之介……」

黒沢は制した。

「おのれ……」

左馬之介は、腹立たしげにおせいを突き離した。

おせいは、板の間に倒れそうになるのを堪《こら》えた。

「おせい、眠り猫の居場所、正直に云わなければ、情け容赦のない責めを受けるぞ」

黒沢は、酷薄に告げた。

「覚悟はしていますよ」

「死ぬ事になってもか……」

「ええ……」

おせいは、艶然《えんぜん》と微笑んだ。

死を覚悟している……。

黒沢は、おせいの覚悟を知った。

「流石は盗賊眠り猫の一味のおせいだ。覚悟は出来ているようだな」

黒沢は苦笑した。

「誉められるような事じゃありませんよ」

「おせい、眠り猫は浪人だと睨んだが、どのような素性《すじょう》の者なのだ」

「さあ、素性なんて知りませんよ」

おせいは首を傾げた。

「ならば、どのような男だ」

「どのようなって、眠り猫の名前の通り、猫と居眠りばかりしているそうですよ」

「猫と居眠りか……」

「ええ……」

「何処でだ」

「それは……」

おせいは、誘導されているのに気が付いた。

「どうした」

「云えませんよ」

おせいは苦笑した。

「ならば、おせい……」

黒沢は、おせいを見据えた。

「眠り猫は約束を守る男か……」

「えっ……」

おせいは戸惑った。

「約束を守る男かと訊いているのだ」

「そりゃあもう、約束は必ず守りますよ」

おせいは、勘兵衛が既に動いているのに気が付いた。

勘兵衛が、何らかの手立てで黒沢に釘を刺したのだ。その為、黒沢は拷問を控えている。

おせいは読んだ。

「そうか。約束は守るか……」

甘い……。

黒沢は、盗賊としてのあり方や約束を守ると聞き、眠り猫の人柄を読んだ。

此処は、眠り猫の出方を待つのが上策かもしれない。万が一、出し抜かれた時はおせいを容赦なく拷問に掛ける迄《まで》だ。

黒沢は、おせいを板の間に戻すように左馬之介に命じた。

おせいは、窓のない暗い板の間に戻された。

お頭は、私を助け出そうと既に動き出しているのだ。

助かるかもしれない……。

おせいは、微かな望みを抱いた。


目付頭の黒沢兵庫が、取引きに素直に応じるかどうかは定かではない。

勘兵衛はその時に備え、おせいが金沢藩江戸上屋敷の何処《どこ》に捕えられているのか突き止めようとした。

おそらく牢に違いない。だが、金沢藩江戸上屋敷は広く、牢が何処か突き止めるのも容易ではなかった。

金沢藩江戸上屋敷の者に訊くしかない……。

勘兵衛は、本郷六丁目にある法泉寺《ほうせんじ》門前町の茶店で茶を飲み、向かい側の金沢藩江戸上屋敷を見張った。

横手の奉公人通用門が開き、中年の下男が文箱らしき風呂敷包みを抱えて出て来た。

使いに出掛ける下男……。

勘兵衛は、下男を尾行《つけ》た。

下男は風呂敷包みを抱え、本郷の通りを進んで北ノ天神前を切通しに入った。

勘兵衛は追った。

下男は切通しを進み、春日局《かすがのつぼね》の菩提寺である天沢山麟祥院の角を曲がった。

そして、越後《えちご》国高田《たかだ》藩江戸中屋敷沿いを進んで加賀《かが》国大聖寺《だいしょうじ》藩江戸上屋敷に入った。

勘兵衛は見届けた。

大聖寺藩は、金沢藩と家祖を同じにする支藩だ。

下男は、大聖寺藩の誰かに文を届けに来たのだ。

僅かな刻が過ぎ、文を届けた下男が出て来た。そして、来た道を戻らず、辺りを窺って足早に不忍池に向かった。

何処に行く……。

勘兵衛は、眉をひそめて追った。

不忍池の畔には、木洩れ日が煌めいていた。

下男は、不忍池の畔を足早に進んで茶店に入った。

「婆さん、酒を一杯頼むぜ」

下男は、馴れた様子で茶店の老婆に酒を注文した。

「はいよ。暫くだね、久助《きゆうすけ》さん」

茶店の老婆は、親しげに下男の久助を迎えた。

「ああ。いろいろ忙しくてな」

下男の久助は、使いに出た帰りに飲む酒が何よりの楽しみだった。

「はい、お待たせ」

老婆は、湯呑茶碗に満たした酒を縁台に腰掛けた久助に持って来た。

「待ち兼ねたぜ」

久助は、湯呑茶碗に満たされた酒を美味《うま》そうにすすり、吐息を洩らした。

「婆さん、酒をくれ。邪魔をするぞ」

勘兵衛は、茶店の老婆に注文して久助の隣りに腰掛けた。

久助は、勘兵衛に目礼して酒を飲み続けた。

「昼間の酒は美味いな……」

勘兵衛は、久助に笑い掛けた。

「へい……」

久助は、嬉しそうに頷いた。

「お待たせしました」

老婆が、勘兵衛に酒を持って来た。

「うむ。婆さん、こっちに一杯やってくれ」

勘兵衛は、老婆に久助を示した。

「はい」

「お侍さま……」

久助は戸惑った。

「遠慮は無用だ。それとも俺の酒は飲めぬか」

「いえ、滅相もない……」

久助は慌てた。

「婆さん、頼む」

勘兵衛は、茶店の老婆を促した。

「はい」

老婆は、久助の湯呑茶碗に酒を注いだ。

「それじゃあお侍さま、戴きます」

「うむ……」

勘兵衛と久助は、湯呑茶碗の酒を飲んだ。

不忍池を吹き抜けた風が、木々の梢《こずえ》を揺らして木洩れ日を煌めかせた。

「処《ところ》で金沢藩の下男は、陽のある内から酒を飲んでも良いのか……」

勘兵衛は、久助に尋ねた。

「えっ……」

久助は、酒の入った湯呑茶碗を口元で止めて凍て付いた。

下男が、陽のある内から酒を飲んで良い大名家などある筈はない。

「まあ、よい……」

勘兵衛は笑った。

「お侍さま……」

久助は怯えた。

「金沢藩の江戸上屋敷の牢は何処にある」

「牢屋ですか……」

久助は戸惑った。

「うむ……」

勘兵衛は、久助を見据えた。

「牢屋は表御殿の西にある厩の隣りです」

久助は告げた。

「厩の隣りか……」

勘兵衛は、岡崎藩江戸下屋敷の大屋根の上から眺めた金沢藩江戸上屋敷の建物を思い浮かべた。

「へい」

「牢屋に女が捕えられているはずだが……」

「ああ。盗賊の女ですか……」

久助は知っていた。

「うむ。盗賊の女、牢屋の何処に捕えられているのだ」

「一番奥の窓なし部屋です」

久助は、湯呑茶碗の酒を飲んだ。

「一番奥の窓なし部屋か……」

「へい……」

久助は頷いた。

おせいが、牢屋の何処に捕われているのか、どうにか分かった。

「そうか。造作を掛けたな……」

勘兵衛は、久助に素早く一朱金を握らせた。

「お、お侍さま……」

久助は驚いた。

「久助、此の事は誰にも内緒だ」

勘兵衛は、親しげに微笑んだ。

「へい。そりゃあもう……」

久助は、渡された一朱金を握り締めた。

勘兵衛は茶店を出た。

木洩れ日は揺らめいた。


おせいが捕われている牢屋の場所を知り、何処にいるか分かったからと云って助けられるとは限らない。

窓のない牢には、どのような錠前が掛けられ、どの程度の警固がされているのかも分からない。

闇雲に忍び込むのは危険なだけだ……。

忍び込むのは、目付頭の黒沢兵庫との取引きが行き詰まった時だ。

勘兵衛は、黒沢兵庫との談合を優先することにした。


夜は更けた。

錏頭巾に忍び装束の勘兵衛は、岡崎藩江戸下屋敷の大屋根に現れた。

金沢藩江戸上屋敷は篝火《かがりび》が灯され、見張りや見廻りの番士が多くなっていた。

勘兵衛は苦笑し、半弓で結び文を付けた矢を射た。

結び文を付けた矢は、夜の闇を切り裂いて飛び、金沢藩江戸上屋敷の玄関脇の篝火の傍に突き刺さり、胴震いした。

見張りの番士たちは、結び文を付けた矢に気付いて騒《ざわ》めいた。

勘兵衛は、岡崎藩江戸下屋敷の大屋根を素早く走った。


目付頭の黒沢兵庫は、燭台の明かりの下で結び文を開いて一読した。

結び文には、明後日午《うま》の刻九つ（正午）におせいを両国橋の西の袂で解き放せば、村正の短刀は直ぐに返すと書き記されていた。
「おのれ、眠り猫……」
黒沢は、眠り猫に主導権を握られているのに思わず苦笑した。
眠り猫の居場所が分からない限り、それは仕方のない事なのだ。
だが、それも今の内だけであり、勝負は明後日午の刻九つ……。
黒沢は、冷笑を浮かべた。
夜の切通しは暗く、人影はなかった。
勘兵衛は、岡崎藩江戸下屋敷の大屋根を降り、本郷の通りから切通しに進んだ。
目付頭の黒沢兵庫は、眠り猫を信じておせいを無事に返すか……。
勘兵衛は、黒沢の腹の内を推し測った。
おせいを解き放しても、村正の短刀が返されなければなんの意味もない。
黒沢は、村正の短刀を手にしない限り、おせいを解き放ちはしない筈だ。
明後日、両国橋の西詰に来るのは、おそらくおせいではなく黒沢なのだ。
勘兵衛は読んだ。

とにかく、おせいを無事に取り返す……。

勘兵衛は、切通しを進んだ。

誰かが追ってくる……。

勘兵衛は、追って来る者の気配に気付いた。

金沢藩の目付、黒沢の配下に違いない。

黒沢は、何処から矢文を射たかを調べ、岡崎藩江戸下屋敷の大屋根の上からだと睨んだ。そして、配下の者を張り付かせ、行き先を突き止めようとしているのだ。

勘兵衛は、黒沢兵庫の鋭さを知った。

だが、そうはさせぬ……。

勘兵衛は、切通しから明神下の通りに抜けて神田川に向かった。

追って来る者の気配は続いた。

二人……。

勘兵衛は、追って来る者の人数を読んだ。

櫓《ろ》の軋《きし》みが、行く手の神田川から甲高く響いた。

第四章　暗闘始末

一

猪牙舟《ちょきぶね》は、櫓の軋みを夜空に響かせて神田川を遡《さかのぼ》って行った。
勘兵衛《かんべえ》は、神田川に架かっている昌平橋《しょうへいばし》を渡って闇に入った。
追って来た二人の武士は、勘兵衛を追って昌平橋を小走りに渡った。
昌平橋を渡ると、火除《ひよけ》御用地でもある広い八《や》ツ小路《こうじ》だ。
八ツ小路の闇が広がり、勘兵衛の姿は見えなかった。
追って来た二人の武士は、八ツ小路の闇に勘兵衛の姿を捜した。
「金沢藩の目付か……」
勘兵衛は呼び掛けた。
二人の武士は驚き、勘兵衛の声のした闇を振り返った。
勘兵衛は、昌平橋の袂の闇から現れた。

二人の武士は身構えた。

「黒沢《くろさわ》兵庫《ひょうご》の命で岡崎藩江戸下屋敷を見張り、追って来たか……」

「お、おのれ……」

二人の武士は、見破られている事に狼狽《うろた》え、刀の鯉口《こいぐち》を切って身構えた。

勘兵衛は苦笑した。

「早々に立ち戻り、黒沢に無駄な真似は止めろと伝えるのだ」

「黙れ」

武士の一人が、勘兵衛に猛然と斬り掛かった。

勘兵衛は、武士の斬り込みを躱《かわ》し、刀を握る腕を取って鋭い投げを打った。

武士は、夜空を舞って神田川に落ちた。

水飛沫《みずしぶき》が煌《きら》めいた。

勘兵衛は、残った武士を見据えた。

残った武士は怯《ひる》み、刀の鋒《きつさき》を震わせた。

「助けて、助けてくれ……」

神田川に投げ込まれた武士は、必死に助けを求めた。

「どうやら泳げぬようだ。助けてやれ」

勘兵衛は苦笑し、八ツ小路の暗い闇に向かって歩き出した。

残った武士は、慌てて昌平橋の船着場に駆け下りた。

勘兵衛は、神田川沿いの柳原《やなぎわら》通りを進んだ。


「逃げられたか……」

黒沢兵庫は眉をひそめた。

「はい。それで、無駄な真似は止めろと……」

勘兵衛を尾行《つけ》た武士は、黒沢を恐れるように告げた。

「分かった。さがれ」

黒沢は、蔑《さげす》むように冷たく一瞥《いちべつ》した。

「はっ……」

武士は黒沢に一礼し、解放された安堵を浮かべて用部屋から出て行った。

「黒沢さま……」

柊《ひいらぎ》左馬之介《さまのすけ》は、微《かす》かな戸惑いを浮かべた。

「左馬之介、眠り猫は役立たずの二人を斬り棄てなかった」

黒沢は、侮《あなど》りを滲ませた。

「はい。何故でしょう」

左馬之介は眉をひそめた。

「おせいを無事に取り戻す迄は、無用な恨みを買いたくないのだ」

黒沢は、眠り猫の腹の内を読んだ。

「無用な恨みですか……」

「左様。甘いな……」

黒沢は笑った。

「黒沢さま……」

「眠り猫、盗賊に似合わぬその甘さが、命取りになる」

黒沢は、嘲笑を浮かべて云い放った。

根岸《ねぎし》の里、黒猫庵《くろねこあん》の広い縁側に差し込む陽差しは僅《わず》かに柔らかくなった。

広い縁側には、老黒猫が白髪交じりの腹を見せて長々と寝そべっていた。

勘兵衛は、羨ましげに笑った。

「細工師の与市《よいち》さんの処には、昨日、丈吉《じょうきち》が物を持って行って話を通しましてね、今日中には出来るそうです」

吉五郎《きちごろう》は、蒲団の上に半身を起こして勘兵衛に告げた。

「そうか……」

勘兵衛は頷《うなず》いた。

「それにしても、おせいさん、無事でいると良いんですがね」

吉五郎は心配した。

「おせいに掠《かす》り傷《きず》の一つでも付けたら、村正と刀箱に秘められた前田利家の置文を公儀に差し出すと釘を刺した。迂闊《うかつ》な真似はしないだろう」

「それなら良いのですが……」

「吉五郎、何《いず》れにしろ黒沢兵庫、一筋縄ではいかぬ男だ。いざとなれば、牢を破っておせいを助け出す迄だ」

勘兵衛は笑った。

「じゃあ、お頭……」

「金沢藩江戸上屋敷の牢は、表御殿の西、厩《うまや》の隣りだ」

勘兵衛は告げた。

「流石《さすが》はお頭……」

眠り猫の勘兵衛に抜かりはない……。

吉五郎は安心した。

「只今戻りました」

丈吉が、風呂敷包みを持って帰って来た。

「御苦労だったな」

勘兵衛は労《ねぎら》った。

「いいえ。これが、お頭の頼んだ品物です」

丈吉は、風呂敷包みを勘兵衛に差し出した。

「うむ……」。

勘兵衛は、風呂敷包みを解いた。

風呂敷包みの中には、一振りの白鞘《しらざや》の短刀があった。

勘兵衛は、短刀を手に取って抜き、輝く刀身を見詰めた。

刃長は九寸一分、反りは五厘弱、元幅は八分……。

勘兵衛は、尚も短刀を読んだ。

地金《じがね》は板目肌《いためはだ》、刃文《はもん》は互《ぐ》の目《め》……。

村正の短刀の特徴はある。

吉五郎と丈吉は見守った。

勘兵衛は、目釘《めくぎ》を抜いて茎《なかご》を検めた。

茎には、〃村正〃の銘が刻まれていた。

何もかも注文通りの出来栄えだ。

勘兵衛は、村正の短刀を呉服屋『越前屋』から盗み出した時、直ぐに贋作《がんさく》を作るように手配していたのだ。

「よし……」

勘兵衛は頷いた。

「似ていますか……」

丈吉は、勘兵衛を窺《うかが》った。

「うむ。流石は贋物屋だ。その辺の刀剣商なら容易に騙せる見事な出来栄えだ」

勘兵衛は笑った。

「そいつは良かった」

丈吉は、胸を撫で下ろした。

「よし。丈吉、明日の手筈《よ》だ……」

勘兵衛は、厳しさを過ぎらせた。

大川には様々な船が行き交い、本所《ほんじょ》に続く両国橋は賑《にぎ》わっていた。

両国橋の西詰は、江戸でも有数の盛り場である広小路だ。

両国広小路には見世物小屋や露店が連なり、遊びに来た人や通行人が溢《あふ》れていた。そして、両国橋の袂には両国稲荷や橋番所《はしばんしょ》があり、下には船着場があった。

勘兵衛は、見世物一座の座頭《ざがしら》に金を握らせ、見世物小屋の二階に潜んで両国橋の袂を見張った。

両国橋の袂には、経を読む托鉢坊主《たくはつぼうず》や野菜を売る近在の百姓女などがいた。

金沢藩目付頭の黒沢兵庫は、いつ何処から来るのか……。

そして、指示通りにおせいを連れてくるのか……。

勘兵衛は、両国橋の袂を見張った。

目付頭の黒沢兵庫は、おそらく配下の者共を両国橋の袂に手配りし、勘兵衛の現れるのを待ち構えている筈だ。

黒沢の命《めい》を受けた配下の目付たちは、両国広小路に居続けても不審を招かない者に扮《ふん》して見張っている。

勘兵衛は睨《にら》み、両国橋の袂に居続ける者を捜した。

経を読む托鉢坊主、野菜を売る百姓女、七味唐辛子売り、茶店の客……。

居続けても不審を招かない者は、秘かに網を張って眠り猫の現れるのを待っているのだ。

網は破ってやる……。

勘兵衛は、不敵な笑みを浮かべた。


金沢藩目付頭の黒沢兵庫は、配下の目付の木島源之助《きじまげんのすけ》と島野又八郎《しまのまたはちろう》に対し、両国橋の袂に網を張るように命じた。

木島と島野は、目付の他に岡っ引の天神《てんじん》の辰次《たつじ》や下っ引の栄吉《えいきち》、手先の廻り髪結のおゆきなどを動員し、身形《みなり》を変えて両国橋の袂を取り囲んでいた。

盗賊眠り猫の手掛かりはそれだけだ。

塗笠《ぬりがさ》を目深に被った着流しの浪人……。

木島と島野たちは、雑踏の中に塗笠を目深に被った着流しの浪人を捜した。

着流しで塗笠を被った侍はいたが、目深に被った者はいなかった。

午の刻九つ（正午）が近付いた。

木島源之助と島野又八郎は、眠り猫の探索で思うような成果を出せず焦っていた。そして、二人は眠り猫と思われる浪人に痛い目に遭わされており、目付頭の黒沢や左馬之介たち目付の微かな蔑みを感じていた。

何としてでも眠り猫を捕える……。

木島と島野は、形《なり》を浪人に変えて茶店の奥から見張り続けた。

僅かな刻が過ぎた。

下っ引の栄吉が、茶店にいる木島と島野の許に駆け寄った。

「塗笠を目深に被った着流しの浪人がいました。親分が追っています」

栄吉は告げた。

「何処だ……」

木島と島野は、素早く茶店を出た。


塗笠を目深に被った着流しの浪人は、雑踏の中をゆっくりとした足取りで両国橋の袂に進んで行く。

岡っ引の辰次が追っていた。

下っ引の栄吉が、浪人姿の木島や島野と茶店から現れ、塗笠を目深に被った着流しの浪人に足早に向かった。

しゃぼん玉売りの男と露店を冷やかしていた二人の遊び人が、塗笠を目深に被った着流しの浪人と尾行る木島たちに気付いて追い始めた。

木島、島野、辰次、栄吉、しゃぼん玉売りの男、二人の遊び人たちは、両国橋の袂に向かう塗笠を目深に被った着流しの浪人を秘かに取り囲んだ。

塗笠を目深に被った着流しの浪人は、両国橋の袂を通り過ぎ、両国稲荷の境内《けいだい》に入った。

木島、島野、辰次、栄吉、しゃぼん玉売りの男、二人の遊び人たちは、塗笠を目深に被った着流しの浪人を追って両国稲荷に入って行った。


勘兵衛は、見世物小屋の二階から見届けた。

金沢藩の目付たちは、勘兵衛が金を握らせて塗笠を与えた偽の眠り猫を見付けて姿を現し、両国稲荷に誘い込まれて行った。

両国橋の袂に残った金沢藩の目付は、いるとしても僅かな人数の筈だ。

勘兵衛は、偽の眠り猫を放って金沢藩目付の網を破った。


午の刻九つになった。

金沢藩目付頭の黒沢兵庫は、両国橋の袂に佇《たたず》んで辺りを見廻した。

両国橋の袂には、托鉢の坊主、野菜売りの百姓女、七味唐辛子売りなどがいるだけであり、塗笠を目深に被った着流しの浪人はいなかった。

眠り猫は未だ来ていない……。

黒沢は、そう見定めた。

「おせいは何処《どこ》だ」

背後から不意に男の声がした。

黒沢は振り返った。

勘兵衛が深編笠を被り、羽織袴の武士姿でいた。

「眠り猫か……」

黒沢は、塗笠を目深に被った着流し姿ではないのに戸惑った。

「おせいは何処だと訊いているのだ」

勘兵衛は嘲りを匂わせた。

おせいが何処だと訊くのは、眠り猫だからに決まっている。

「品物は……」

黒沢は、勘兵衛の嘲りを遮《さえぎ》った。

「此処だ……」

勘兵衛は、刀箱を包んでいると思われる風呂敷包みを示し、僅かに開けた。

加賀梅鉢の紋所の描かれた刀箱が見えた。

「本物に間違いないだろうな」

黒沢は、加賀梅鉢の紋所の刀箱を見据えた。

「それは、おせいを返せば分かる」

勘兵衛は厳しく告げた。

「船着場だ」

黒沢は告げた。

勘兵衛は、両国橋の欄干に寄り、船着場を見下ろした。

船着場には屋根船が繋がれ、開け放たれた障子の内におせいが見えた。

おせい……。

勘兵衛は、おせいが無事なのを見定めた。

次ぎの瞬間、野菜売りの百姓女が、勘兵衛の持っていた加賀梅鉢の紋所の刀箱を奪った。

百姓女は、手先のおゆきだった。

しまった……。

勘兵衛は、おゆきから加賀梅鉢の紋所の刀箱を取り戻そうとした。

刹那、托鉢坊主が饅頭笠《まんじゆうがさ》を投げ棄て、錫杖《しやくじよう》で勘兵衛に打ち掛かった。

托鉢坊主は柊左馬之介だった。

勘兵衛は、咄嗟に跳び退いた。

七味唐辛子売りが、品物を並べた台に隠してあった刀を取って勘兵衛に斬り付けた。

勘兵衛は躱した。

居合わせた人々が悲鳴をあげて散った。

おゆきは、加賀梅鉢の紋所の刀箱を抱えて雑踏に走った。

勘兵衛は、おゆきを追い掛けようとした。

左馬之介と七味唐辛子売りは、遮るように勘兵衛に襲い掛かった。

勘兵衛は闘った。

木島や島野たちはどうした……。

黒沢は、駆け付けて来ない木島や島野に苛立ちながらも、おせいを乗せた屋根船に合図をした。

おせいを乗せた屋根船は、両国橋の船着場を離れて神田川に向かった。

神田川は、両国橋の脇から大川に流れ込んでいる。

此迄《これまで》だ……。

勘兵衛は、身を翻《ひるがえ》して両国橋に走った。そして、両国橋の欄干に飛び乗った。

眼下の大川に猪牙舟が遡《さかのぼ》って来た。

勘兵衛は、欄干を蹴って大川に飛び、遡って来た猪牙舟に降りた。

左馬之介と七味唐辛子売りが、欄干から身を乗り出して勘兵衛の行方を見届けた。

「眠り猫はどうした」

黒沢が追って来た。

「猪牙舟で……」

左馬之介は、神田川に進んで行く猪牙舟を指差した。

眠り猫は、おせいを乗せた屋根船を追ったのだ。

黒沢は気付いた。

「昌平橋《しょうへいばし》に急げ」

黒沢は命じた。

左馬之介と七味唐辛子売りは、両国橋から神田川沿いの柳原通りに走った。

黒沢は続いた。


木島源之助と島野又八郎は、塗笠を目深に被った着流しの浪人が眠り猫の偽者だと気付き、激しく狼狽えた。

黒沢兵庫は、両国稲荷の前を抜けて柳原通りに急いでいた。

「黒沢さま……」

木島と島野たちが、両国稲荷から慌てた様子で駆け出して来た。

「何をしている馬鹿者……」

黒沢は、木島と島野たちを厳しく一喝して柳原通りに進んだ。

木島と島野たちは、事態が分からず狼狽えながらも黒沢に続いた。


勘兵衛の乗った猪牙舟は、おせいの乗った屋根船を追った。

猪牙舟を漕《こ》ぐ船頭は、頬被《ほっかぶ》りに菅笠を被って顔を隠した丈吉だった。

勘兵衛は深編笠を取り、羽織袴を脱ぎ棄てた。そして、着流し姿になって塗笠を目深に被った。

「お頭……」

丈吉は、行く手に見える屋根船を示した。

屋根船は、おせいが乗せられているものだった。

「よし……」

勘兵衛は笑った。

二

おせいを乗せた屋根船は、柳橋《やなぎばし》と浅草御門を潜って新《あたら》シ橋《ばし》に差し掛かっていた。

丈吉の漕ぐ猪牙舟は、勘兵衛を乗せて追った。

事は多少の齟齬《そご》があるにしても、企て通りに進んでいる。

勘兵衛は笑った。

だが、金沢藩目付頭の黒沢兵庫は、眠り猫の企てに気付いて追って来ている筈だ。

勘兵衛は読んだ。

おせいを乗せた屋根船は、新シ橋を潜って和泉橋《いずみばし》に向かった。

「丈吉、屋根船に船縁《ふなべり》を寄せろ……」

勘兵衛は命じた。

「承知……」

丈吉は、屋根船を追って猪牙舟の船足をあげた。

屋根船には、おせいと見張りの二人の目付が乗っていた。

見張りの目付は、続いてやって来る猪牙舟が気になった。

「水道橋《すいどうばし》に急げ」

見張りの目付は、屋根船の船頭に命じた。

「へい……」

船頭は、屋根船の船足をあげた。

お頭……。

おせいの勘は、勘兵衛と丈吉が助けに来たと告げていた。

「お頭……」

丈吉は、猪牙舟を屋根船の後ろに付けた。

「寄せろ……」

勘兵衛は命じた。

「承知……」

丈吉は、猪牙舟を屋根船に並べた。

勘兵衛は、船縁を蹴った。

勘兵衛は、屋根船の障子を破って飛び込んだ。

二人の見張りの目付は、咄嗟に勘兵衛に斬り掛かった。だが、天井が低く狭い屋根船の中では、刀を思うがままに使う事は出来ない。

勘兵衛は、二人の見張りの目付の刀を躱し、脇差《わきざし》を抜いて素早く突き刺した。

狭い場所での闘いは、斬るより突き刺す方が地の利を得ている。

二人の見張り目付は、勘兵衛の早業に血塗《ちまみ》れになって崩れた。

「待たせたな、おせい……」

勘兵衛は、おせいを縛っている縄を切った。

「お頭……」

おせいは、満面に安堵を浮かべた。

「猪牙に移れ」

勘兵衛は短く命じた。

「はい……」

おせいは、屋根船に船縁を寄せている丈吉の猪牙舟に乗り移った。

「姐《あね》さん……」

丈吉は、乗り移ったおせいに笑い掛けた。

「面倒を掛けたね」

「いいえ……」

勘兵衛が、おせいに続いて丈吉の猪牙舟に戻った。

「さあ、行け」

勘兵衛は、恐怖に凍て付いている屋根船の船頭に命じた。

「へ、へい……」

船頭は、我に返ったように慌てて屋根船の櫓を漕いだ。

櫓は悲鳴のように軋んだ。

「丈吉、和泉橋の船着場に着けろ」

「承知……」

丈吉は、勘兵衛とおせいを乗せた猪牙舟を和泉橋の船着場に着けた。

「おせいと町駕籠で黒猫庵に行く」

勘兵衛は丈吉に告げ、おせいを伴って猪牙舟を降りた。

「お気を付けて……」

丈吉は見送った。

勘兵衛は、おせいを連れて和泉橋の袂にあがって行った。

金沢藩の屋根船は、既に筋違《すじかい》御門に近付いていた。

丈吉は、菅笠と頬被りを取って猪牙舟を船着場に繋ぎ、和泉橋に駆け上がった。


金沢藩目付頭の黒沢兵庫たちは、眠り猫のおせい救出の企てに気付き、柳原通りを昌平橋に急いでいる筈だ。

丈吉は、和泉橋の袂から柳原通りを窺った。

金沢藩目付頭の黒沢兵庫が、托鉢坊主と七味唐辛子売りを従えて両国の方から足早にやって来た。

ざまあみろ……。

丈吉は、通り過ぎて行く黒沢たちを嘲笑って猪牙舟に戻った。


時雨の岡に風が吹き抜け、石神井川用水のせせらぎは煌めいていた。

黒猫庵の広い縁側の床は、陽差しを浴びて淡く輝いていた。

おせいは、喉を鳴らして茶を飲んだ。

「美味しい……」

「そいつは良かった」

吉五郎は、おせいの湯呑茶碗に茶を注ぎ足した。

「それで吉五郎さん、傷の方は良いのかい」

おせいは心配した。

「ああ。見ての通りだよ」

吉五郎は笑った。

「いろいろ迷惑を掛けちまって、許して下さいな」

おせいは詫びた。

「いや。どうって事はないさ。それよりおせいさん、金沢藩の目付に正体を知られたからには、恵比寿屋は諦《あきら》めなければならないね」

吉五郎は眉をひそめた。

「ええ。仕方がありませんよ」

おせいは、淋しげな笑みを浮かべた。

「おせい、お前の正体を知る黒沢兵庫たち金沢藩目付を皆殺しにすれば、恵比寿屋を諦める必要はない」

勘兵衛は、静かに告げた。

「お頭……」

おせいと吉五郎は緊張した。

「今日、奴らに奪われた村正と刀箱は贋物だ。黒沢は必ず気付き、再び我らを追い、本物の村正と刀箱を取り戻そうとする」

勘兵衛は、黒沢兵庫の動きを読んだ。

吉五郎とおせいは、喉を鳴らして勘兵衛の読みを聞いた。

「その始末、どう付けるか……」

勘兵衛は、笑みを浮かべて不敵に云い放った。

おせいの身柄は、盗賊の眠り猫に奪い返された。

だが、村正の短刀と刀箱を取り戻せたのならそれも構わない。

金沢藩目付頭の黒沢兵庫は、加賀梅鉢の紋所の描かれた刀箱の蓋を取った。

刀箱には、金襴《きんらん》の刀袋に納められた白鞘の短刀が入っていた。

黒沢は、金襴の刀袋から白鞘の短刀を出して抜き放った。

短刀の刀身は鈍色《にびいろ》に輝いた。

黒沢は、刀身を検めた。

刃長は九寸一分、反りは五厘弱、元幅は八分……。

地金は板目肌、刃文は大きな互の目……。

黒沢は、短刀の特徴が子供の頃の家康に怪我をさせた村正のものと同じだと知り、目釘を抜いて柄《つか》を外した。

茎には、〝村正〟の二文字が刻まれていた。

本物……。

黒沢は見定めた。

「村正の短刀、本物ですか……」

柊左馬之介は、眼を輝かせて村正の短刀を見詰めた。

「おそらくな。だが、左馬之介、念の為にこれから真命堂に持ち込み、主の道悦に目利きして貰え」

黒沢は、左馬之介に命じた。

「はっ……」

左馬之介は頷いた。

黒沢は、短刀を元に戻して白鞘に納め、金襴の刀袋に入れて左馬之介に差し出した。

「では……」

左馬之介は、短刀の納められた金襴の刀袋を受け取り、黒沢の用部屋から出て行った。

黒沢は見送った。

次ぎは刀箱だ……。

黒沢は、刀箱の底を探った。そして、己の刀の小柄《こづか》を抜き、刀箱の底の隙間を探った。小柄で刀箱の底板を外した。

底板の下には、折り畳まれた紙が入っていた。

利家公の置文……。

黒沢は、折り畳まれた紙を開いた。

眠り猫の千社札が、黒沢の膝の上に落ちた。

黒沢は、顔色を変えた。

眠り猫の千社札は、折り畳まれた紙の間に挟まれていた。

ならば、利家公の置文は……。

黒沢は、眠り猫が刀箱の二重底に気付いて利家公の置文を読んだのを知った。

そして今、金沢藩の秘事を書き残した置文は、盗賊の眠り猫の手にあるのだ。

おのれ、眠り猫……。

黒沢は、激しい怒りに衝き上げられた。


おせいが盗賊眠り猫一味の者と知っている者は、金沢藩目付頭の黒沢兵庫と配下の柊左馬之介、そして口入屋『恵比寿屋』を見張った手先たちに呉服屋『越前屋』の番頭の善造《ぜんぞう》などがいる。

その者たちを葬《ほうむ》れば、おせいは再び口入屋『恵比寿屋』の暖簾を掲げられる。

黒沢兵庫は、柊左馬之介たち配下の目付と手先を使って眠り猫一味の者を付け狙い、前田利家の置文を取り戻そうとして来る筈だ。

葬るのに躊躇《ためら》いは要らぬ……。

勘兵衛は冷徹に読んだ。

只一つ、気になるのは呉服屋『越前屋』の番頭の善造を葬る事だ。

勘兵衛は、善造の始末に微かな躊躇いを覚えた。だが、おせいに口入屋『恵比寿屋』を再開させる為には、情け容赦は邪魔なだけなのだ。

所詮、盗賊は盗賊、他人の金やお宝を盗む悪党だ。己や一味の者を護るには、手立てを選んではいられない。

殺《や》られる前に殺る……。

勘兵衛は、吉五郎とおせいを黒猫庵に潜ませ、丈吉と共に行動を開始した。


刀剣商『真命堂』主の道悦は、村正の短刀を贋物だと見定めた。

「贋物だと……」

黒沢は眉をひそめた。

「はい。道悦どののお話では、反《そ》りや元幅、地金や刃文は確かに村正に似ていますが、銘の刻まれている茎《なかご》が違うそうです」

左馬之介は、『真命堂』道悦の見立てを告げた。

「茎……」

「はい。村正の刀の茎は、村正茎、たなご腹の形だと……」

「たなご腹……」

〝たなご〟と云う魚は、腹が膨れ、尾になると急に細くなる。村正の刀の茎は、そのたなご腹であり、見定めるのに有効な手立ての一つなのだ。

黒沢は、村正の短刀の目釘を抜いて柄を外し、茎を検めた。

村正と刻みのある茎は、たなご腹ではなかった。

「確かにたなご腹ではないな……」

黒沢は、怒りが湧き上がるのを感じた。

「はい。道悦どのも驚く程、見事な出来栄えの贋物だそうにございます」

「おのれ、眠り猫……」

村正の短刀は贋物だった。

本物の村正の短刀は、藩祖利家の置文と共に眠り猫の手にある。

村正の短刀はともかく、藩祖利家の置文は何としてでも取り戻さなければならない。もし、置文が公儀に渡れば、加賀百万石金沢藩は将軍徳川家を呪詛《じゅそ》し、常に謀反《むほん》を企てるのを国是としているとされ、想像の及ばぬ程の厳しい咎《とが》めを受けるのは必定だ。

「左馬之介、おせいの口入屋と裏の家は如何《いかが》致した」

「おせいが戻るかもしれませぬので、おゆきと伊佐吉が見張っています」

「よし。村正の短刀の刀箱に秘められた利家公の置文、何としてでも取り戻すのだ」

黒沢は、左馬之介に厳しく命じた。そして、配下の目付の木島源之助や島野又八郎たちにも眠り猫一味の探索を急がせた。

金沢藩江戸上屋敷の表門脇にある潜り戸が開き、目付の柊左馬之介が出て来た。

左馬之介は、油断なく辺りを窺って本郷の通りを湯島に向かった。

勘兵衛と丈吉が物陰から現れ、左馬之介を追った。

左馬之介は、本郷の通りから切通しに曲がり、下谷に向かった。

上野元黒門町にある口入屋『恵比寿屋』に行くのかもしれない。

勘兵衛と丈吉は追った。

金沢藩目付頭の黒沢兵庫は、江戸留守居役の横山織部《よこやまおりべ》と江戸家老の原田釆女正《はらだうねめのしょう》に呼ばれた。

原田と横山が黒沢を呼んだのは、村正の短刀と利家公の置文の一件だった。

「如何なっているのだ黒沢……」

江戸家老の原田釆女正は、焦りと苛立ちを滲《にじ》ませていた。

「はっ……」

黒沢は、己の保身を考えず、包み隠さずありのままを報せた。

「それで、贋物を掴まされ、本物は眠り猫と申す盗賊に奪われたままなのか……」

原田は苛立ちを露《あらわ》にした。

「はい」

黒沢は頷いた。

「事は加賀百万石の浮沈に拘わる大事。分かっているのか黒沢……」

原田は、黒沢を咎めるように睨んだ。

「勿論、存じております。ならば御家老、加賀百万石の浮沈に拘わる大切な物を、誰が何故、呉服屋などに預けたのでしょう」

黒沢は、原田を見返した。

村正の短刀を呉服屋『越前屋』に預けたのは、江戸家老の原田采女正なのだ。

「黒沢……」

横山織部は、黒沢を制した。

「はっ……」

黒沢は退いた。

「如何にも越前屋に村正を預けたのは儂だ。だが、それは御老中が興味を持たれたので一時的に、それに越前屋の喜左衛門が是非とも預かりたいと申したので……」

原田は、喉を引き攣らせて言い繕《つくろ》った。

「原田さま、黒沢も得体の知れぬ盗賊を懸命に追っているのです。もう宜しいでしょう」

横山は、その場を取り成した。

「う、うむ。もう良い。退がれ黒沢」

原田は、顔を背けて命じた。

「はっ。では……」

黒沢は、一礼して座を立った。

「黒沢、頼む」

横山は、黒沢に僅かに頭を下げた。

「御免……」

黒沢は、江戸家老の用部屋を出た。


表御殿の長い廊下は静けさに満ち、大藩らしい落ち着きが漂っていた。

黒沢は、そうした落ち着きが好きだった。

だが、今の金沢藩はその落ち着きを失い掛けているのだ。

黒沢は、江戸家老原田釆女正のその場凌《しの》ぎの浅知恵を憎まずにはいられなかった。そして、藩を窮地に陥れた原田が幅を利かす金沢藩に虚《むな》しさを覚えた。


下谷広小路は賑わっていた。

左馬之介は、大戸を閉めている口入屋『恵比寿屋』を一瞥し、向かい側の茶店に入った。

勘兵衛と丈吉は見届けた。

「奴ら、未だ恵比寿屋を見張っていたんですね」

丈吉は眉をひそめた。

「おそらく、おせいが戻るのを待っているのだろう。丈吉……」

勘兵衛は、茶店の二階の窓辺にいるおゆきと伊佐吉を示した。

伊佐吉は、頬に絆創膏《ばんそうこう》を貼っていた。

「姐さんを捕まえに来た野郎です」

丈吉は、伊佐吉を睨み付けた。

「一緒にいる女は、両国橋で私から贋の村正を奪った女だ」

勘兵衛は見定めた。

「どうします」

「奴らはおせいの素性を知っている。誘《おび》き出して始末する」

勘兵衛は、冷たく云い放った。

三

口入屋『恵比寿屋』に丈吉が訪れた。

丈吉は、口入屋『恵比寿屋』の様子を窺い、辺りを見廻した。

「野郎。柊の旦那、あいつは俺の顔を切った野郎ですぜ」

伊佐吉は、丈吉に気が付いた。

「眠り猫の一味だ……」

左馬之介は、丈吉を冷たく見下ろした。

「ええ……」

「よし。奴を尾行る」

左馬之介は、伊佐吉とおゆきを従えて二階を駆け降りた。


丈吉は、不忍池の畔を抜けて根津権現《ねづごんげん》脇から千駄木坂下町《せんだぎさかしたまち》に出た。

丈吉に面が割れていないおゆきが追い、左馬之介と伊佐吉が続いた。

丈吉は、千駄木坂下町から小川沿いの畑に入った。

小川の傍には、崩れ掛けた百姓家があった。

丈吉は、崩れ掛けた百姓家に入った。

おゆきは見届けた。

左馬之介と伊佐吉が、おゆきに駆け寄った。

おゆきは、崩れ掛けた百姓家を指差した。

崩れ掛けた百姓家は、盗賊眠り猫の隠れ家かもしれない。
漸《ようや》く突き止めた……。
左馬之介は、崩れ掛けた百姓家に忍び寄った。伊佐吉とおゆきが続いた。
左馬之介は、崩れ掛けた百姓家の戸口に忍び寄り、中を覗いた。
百姓家の中は薄暗かった。
左馬之介は、刀の鯉口を切って踏み込んだ。
伊佐吉とおゆきは、匕首《あいくち》を抜いて続いた。
左馬之介が土間から居間にあがった時、戸口から差し込んでいた陽差しが遮られた。
おゆきは、戸口を振り返った。
戸口に、塗笠を目深に被った着流しの浪人が、背に陽差しを浴びて佇んでいた。
「柊さま……」
おゆきは、声を引き攣らせた。
左馬之介は振り返り、戸口に佇んでいる塗笠を目深に被った着流しの浪人に気が付いた。

「眠り猫……」

左馬之介は眉をひそめた。

「誘いに乗ったな」

勘兵衛は嘲笑った。

「野郎……」

伊佐吉が、匕首を構えて猛然と勘兵衛に突き掛かった。

勘兵衛は、抜き打ちの一刀を放った。

伊佐吉は、胸元を斜《はす》に斬り下げられて血を飛ばして斃《たお》れた。

埃《ほこり》が舞い上がり、差し込む陽差しに煌めいた。

「お、おのれ……」

左馬之介は、眠り猫の鮮やかな一刀に戸惑いながらも刀を抜いた。

勘兵衛は、左馬之介との間合いをゆっくりと詰めた。

左馬之介は、後退《あとずさ》りして間合いを保った。

勘兵衛は間合いを詰めた。

次ぎの瞬間、おゆきが匕首を構えて勘兵衛の横手から突き掛かった。

勘兵衛は、咄嗟に匕首を握るおゆきの腕を摑んだ。
「離せ……」
おゆきは、匕首を振るって抗《あらが》った。
勘兵衛は、おゆきを突き飛ばそうとした。
刹那、左馬之介が斬り掛かった。
勘兵衛は、咄嗟におゆきと体を入れ替えた。
左馬之介は、鋭く刀を斬り下げた。
おゆきは背中を斬られ、悲鳴をあげて仰《の》け反《ぞ》り崩れた。
「お、おゆき……」
左馬之介は狼狽えた。
勘兵衛は、狼狽えた左馬之介の隙を突いて刀を閃かせた。
左馬之介の首の血脈が刎《は》ね斬られ、血が噴き出した。
勘兵衛は跳び退いた。
左馬之介は、首から血を振り撒きながら呆然とした面持ちで斃れた。
勘兵衛は、左馬之介の死を見定めた。
丈吉が奥から現れ、伊佐吉とおゆきの死を検めた。

「死んでいます」

丈吉は告げた。

「うむ……」

勘兵衛は、刀に拭いを掛けて鞘《さや》に納めた。


燭台の火は小刻みに瞬《また》いた。

柊左馬之介は、夜になっても金沢藩江戸上屋敷に戻って来なかった。

眠り猫を見付けて追っているのか、それとも……。

黒沢兵庫は、不吉な予感に襲われた。

追って気付かれ、そして……。

不吉な予感は募った。

左馬之介が眠り猫に斃され、利家公の置文は戻らぬかもしれない。

その時は腹を切る迄……。

黒沢は、既に覚悟を決めていた。

何れにしろ、分からないのは盗賊眠り猫の正体だ。

眠り猫は、どのような素性の者なのか……。

万一、腹を切る仕儀になったとしても、眠り猫の正体だけは突き止める。

黒沢は決意した。

金沢藩江戸上屋敷は静まり、静寂に覆《おお》われていた。


金沢藩目付の柊左馬之介と手先の伊佐吉、おゆきは死んだ。

口入屋『恵比寿屋』の女将のおせいが、眠り猫一味の盗賊だと知っている者のうち三人が消えたのだ。

残るは、目付頭の黒沢兵庫とその配下、天神の辰次と下っ引の栄吉、それに呉服屋『越前屋』の四番番頭の善造だ。

これらの者を斃さない限り、おせいは大手を振って往来を歩けぬし、枕を高くして眠れもしないのだ。天神の辰次と栄吉はいつでも始末出来る。

次ぎは目付頭の黒沢兵庫とその配下を斃す。

勘兵衛は決めた。


岡っ引の天神の辰次と下っ引の栄吉は、金沢藩江戸上屋敷の表門脇の潜り戸を激しく叩いた。

潜り戸が開き、辰次と栄吉は江戸上屋敷内に駆け込んだ。

見張っていた丈吉は、辰次と栄吉が柊左馬之介たちの死を報せに来たと睨んだ。


目付頭の黒沢兵庫は、表御殿の片隅にある詮議部屋に急いだ。

詮議部屋には、目付の木島源之助が辰次と待っていた。

「辰次、柊左馬之介が斬り棄てられていたと申すか……」

黒沢は、辰次に問い質した。

「はい。手先の伊佐吉さんやおゆきさんと一緒に千駄木の空き家で……」

辰次は、嗄《しやが》れ声を震わせた。

「柊たちに間違いないのだな」

黒沢は念を押した。

「はい……」

辰次は頷いた。

「島野が下っ引の栄吉と千駄木に走りました」

木島が告げた。

「そうか。して辰次、柊たちを斬り棄てたのはどのような者か分かるか……」

「空き家近くの者たちに聞き込んだ処、塗笠に着流しの侍と職人のような若い男を見掛けた者がおりました」

辰次は告げた。

「そうか……」

眠り猫と配下の男……。

黒沢は、不吉な予感が現実のものになったのを知った。

「黒沢さま、眠り猫の仕業ですか……」

木島は眉をひそめた。

「他に誰の仕業だと云うのだ。眠り猫の居場所、早々に突き止めろ」

黒沢は、苛立ち怒鳴った。

「ははっ……」

木島は、慌てて詮議部屋を出て行った。

「御無礼致します」

辰次は、黒沢に一礼して木島に続いた。

「おのれ、眠り猫……」

左馬之介たちは、おせいが口入屋『恵比寿屋』に戻るのを見張っていた。眠り猫は、そうした左馬之介たちを千駄木の空き家で殺した。

黒沢は、何故に左馬之介たちが千駄木の空き家で殺されたのか想いを巡らせた。

誘《おび》き出された……。

左馬之介たちは、眠り猫に千駄木の空き家に誘き出されて斬られたのだ。

眠り猫は、左馬之介たちを殺意を持って誘き出した。もし、そうだとしたなら、眠り猫はおせいを取り戻して逆襲に出たのかもしれない。

最早、眠り猫を捜している時ではないのだ。

黒沢は、眠り猫の出方を読もうとした。

丈吉は、金沢藩江戸上屋敷を見張り続けた。

「どうだ……」

勘兵衛がやって来た。

「はい。柊たちの死体を見付けたらしく、目付と岡っ引の天神の辰次たちが慌ただしく出入りしていますが、黒沢兵庫に動きはありません」

丈吉は報せた。

「そうか……」

「で、どうしますか……」

「今夜、押し込む……」

「お頭……」

丈吉は、緊張を過ぎらせた。

「目付頭の黒沢兵庫とその配下の命を盗み取る……」

勘兵衛は、不敵に云い放った。

金沢藩江戸上屋敷の大屋根は、西日に眩しく輝いていた。

表門脇の潜り戸が開いた。

勘兵衛と丈吉は、素早く物陰に身を潜めた。

黒沢兵庫が、潜り戸から出て来た。

勘兵衛と丈吉は見守った。

黒沢は、辺りを油断なく見廻し、深編笠を被って本郷の通りを追分《おいわけ》に向かった。

「お頭……」

「追うぞ」

勘兵衛は、塗笠を目深に被って黒沢の尾行を開始した。

丈吉は続いた。


黒沢兵庫は、本郷の通りの追分を右に進んだ。

勘兵衛は追った。

此のまま進めば千駄木だ。

黒沢は、左馬之介たちの斬り棄てられた千駄木の空き家に行くのか……。

勘兵衛は読んだ。

勘兵衛と丈吉は、入れ替わりながら慎重に追った。

黒沢は、遠江《とおとうみ》国掛川《かけがわ》藩江戸下屋敷の前を抜けて千駄木町に出た。そして、団《だん》子坂《ござか》に向かって進み、途中にある古い明神社の境内に入った。

勘兵衛と丈吉は見届けた。

「お頭……」

「よし。私が入ってみる。丈吉は此処を頼む」

勘兵衛は、己が柊左馬之介たちに仕掛けた誘き出しを警戒した。

「承知しました」

丈吉は、緊張を滲ませた。

勘兵衛は、古い明神社に油断なく踏み込んだ。

「お気を付けて……」

丈吉は見送り、辺りを警戒した。

明神社の社《やしろ》は古いが大きくはなかった。そして、境内の奥には林があり、田畑に続いていた。

勘兵衛は、油断なく境内に踏み込んだ。

黒沢兵庫は、古い社の前に佇んでいた。

「やはり見張っていたか、眠り猫……」

黒沢は、勘兵衛を見詰めた。

「黒沢……」

勘兵衛は、黒沢に誘き出されたのに気付き、苦笑した。そして、素早く境内の周囲の様子を窺った。

境内の周囲には、殺気や人の潜んでいる気配はなかった。

黒沢は罠を仕掛けず一人で来た……。

「黒沢……」

勘兵衛は、微かな戸惑いを覚えた。

「眠り猫、村正の短刀と利家公の置文、返して貰おう」

黒沢は、勘兵衛を見据えた。

「藩祖利家公の置文か……」

「左様、村正の短刀は良い、利家公の置文だけは返して貰いたい」

「利家公の置文か……」

「左様……」

黒沢は頷いた。

「太閤秀吉が死んだ後、秀頼《ひでより》公の守役《もりやく》となった前田利家公は、子供の頃の家康公に怪我をさせた村正の短刀を手に入れ、家康公への呪詛を掛け、隙さえあれば刺し殺す覚悟で常に携えていた。そして、子々孫々、前田家が続く限り家康公の命を狙い続け、徳川家を滅ぼせか……」

勘兵衛は、利家の置文を思い起こした。

「眠り猫……」

「如何に二百年以上も昔の置文でも、家康公に禍を及ぼした村正の短刀に呪詛を掛けて命を狙い、徳川家を滅ぼせとの藩祖利家公の遺言、公儀に知れては只では済まぬか……」

勘兵衛は、金沢藩の苦境を読んだ。

「黙れ……」

黒沢は、遮《さえぎ》るように勘兵衛に斬り付けた。

勘兵衛は、大きく跳び退いた。

「置文は何処だ」

黒沢は、刀を鋭く閃《ひらめ》かせた。

勘兵衛は、黒沢の刀を躱しながら抜き打ちの一刀を放った。

黒沢は跳び退き、刀を正眼《せいがん》に構えた。

勘兵衛は対峙《たいじ》した。

「眠り猫、置文だ」

黒沢は、勘兵衛に迫った。

「黒沢、置文は持参しておらぬ」

「ならば、何処だ。何処にある」

黒沢は必死だった。
「それは云えぬ……」
「おのれ……」
黒沢は斬り掛かった。
勘兵衛は斬り結んだ。
黒沢は、勘兵衛の手足を斬り飛ばしてでも捕え、置文の在処《ありか》を聞き出すつもりだ。
勘兵衛は、黒沢の腹の内を読んだ。
黒沢は、鬼気迫る様相で勘兵衛に激しく斬り掛かった。
勘兵衛は押され、間合いを取ろうと跳び退いた。
黒沢は、勘兵衛に間合いを取るのを許さず、猛然と踏み込んで斬り付けた。
勘兵衛は後退りした。
咬み合う刃から火花が飛び、踏みにじられた砂利が砕け散った。
勘兵衛は押され、後退りを続けて社の壁に追い詰められた。
後はない……。
勘兵衛は、覚悟を決めた。

黒沢は、冷笑を浮かべて勘兵衛に上段からの鋭い一刀を放った。

勘兵衛は、黒沢の一刀を受け止めた。

刹那、黒沢は呻き声を洩らして眼を瞠《みは》った。

勘兵衛の手に握られた脇差が、黒沢の腹に深々と突き立てられていた。

「お、おのれ……」

黒沢は、苦しく顔を歪めてその場に崩れ落ちた。

「黒沢。何故、利家公の置文、越前屋などに預けたのだ」

勘兵衛は、気になっていた事を訊いた。

「愚かな江戸家老が、老中水野忠成に脅され、その場凌ぎの浅知恵でした事。馬鹿な話だ」

黒沢は、悔しげに告げた。

「愚かな上役の不始末の尻拭い、今も昔も虚しいものだ……」

勘兵衛は、黒沢に哀れみを覚えた。

「身に覚えがあるのか……」

黒沢は、勘兵衛を見詰めた。

「うむ。昔の事だ……」

勘兵衛は、淋しさを微かに滲ませた。

「そうか……」

眠り猫は、かつては何処かの大名家の家臣だったのだ。

黒沢は、眠り猫の素性の欠片《かけら》を知った。

「黒沢、利家公の置文を上屋敷に戻し、愚かな江戸家老を始末しよう」

「まことか眠り猫……」

黒沢は戸惑った。

「約束する」

勘兵衛は頷いた。

「か、忝《かたじけな》い……」

黒沢は、死相の浮かんだ顔を微かに綻ばせた。

「だが黒沢、村正の短刀は戴く……」

勘兵衛は告げた。

「押し込んだ証《あかし》か……」

黒沢は、苦しげに頬を歪ませて笑った。

「左様。所詮、眠り猫は盗賊だ」

勘兵衛は、己を嘲笑った。

四

口入屋『恵比寿屋』の女将おせいが、盗賊眠り猫の一味だと知る者に呉服屋『越前屋』の四番番頭の善造がいた。

あれから善造はどうしているのか……。

勘兵衛は、善造の身辺を調べた。

呉服屋『越前屋』主の喜左衛門は、盗賊眠り猫一味に弱味を突かれて利用された善造を番頭見習に格下げした。

善造は、格下げされた事に落ち込みながらも首にならなかったのを感謝し、呉服屋『越前屋』に奉公していた。

善造を始末すれば、おせいの口入屋『恵比寿屋』再開に一歩近付く。

勘兵衛は、善造を始末する手立てを探した。

辻斬りを装い、仕事帰りの善造を斬り棄てる……。

芸のない始末の仕方だが、不要な疑いを持たれずに済ませるには、一番良いのかもしれない。

勘兵衛は決めた。

吹き抜ける風に秋の気配が混じり、楓川の水は僅かに冷たくなった。

善造は、呉服屋『越前屋』での仕事を終えて楓川に架かる弾正橋にやって来た。

斬る……。

勘兵衛は、弾正橋の袂で待ち構えていた。

善造は立ち止まった。

気付かれたか……。

勘兵衛は眉をひそめた。

善造は、楓川沿いにある赤提灯の揺れる居酒屋を眺めた。

居酒屋には客が出入りしていた。

善造は、居酒屋を見詰めて喉を鳴らした。そして、思い切ったように居酒屋に向かった。

酒を飲むのか……。

勘兵衛は、思わず苦笑した。

善造は、居酒屋の暖簾を潜った。

「いらっしゃい」

居酒屋の女将は、賑やかに勘兵衛を迎えた。

「邪魔をするぞ」

勘兵衛は、善造を捜した。

善造は、店の隅で一人で酒を飲んでいた。

「酒を貰おう」

勘兵衛は、女将に酒を注文して善造の近くに座った。

善造は、酒を惜しむかのように飲んでいた。

勘兵衛は、運ばれて来た酒を飲みながら善造を窺った。

店内は、お店者や職人たちで賑わっていた。

善造は、そうした客の楽しげな笑い声から外れていた。

酒を味わい楽しんでいる……。

勘兵衛は、善造の様子を見守った。

刻が過ぎた。

善造は、二本の徳利を空にして早々に居酒屋を後にした。

勘兵衛は続いた。

善造は、口入屋おときことおせいに利用されたのを悔い、餌の一つだった好きな酒を控えていたのだ。

勘兵衛は、善造に微かな哀れみを覚えた。


善造は、楓川に架かる弾正橋に向かった。

勘兵衛は、暗がり伝いに追った。

善造は、弾正橋に差し掛かった。

頭巾《ずきん》を被った羽織袴の武士が現れ、善造に袈裟懸けの一刀を放った。

善造は肩から胸元を斬られ、悲鳴をあげる暇もなく倒れた。

辻斬り……。

勘兵衛は戸惑った。

「お見事。後は拙者が……」

家来と思われる武士が現れ、倒れた善造に止めを刺そうと刀を翳《かざ》した。

利那、勘兵衛が駆け付け、家来と思われる武士に抜き打ちの一刀を浴びせた。

家来と思われる武士は、胸元を斬られて仰け反り倒れた。

頭巾を被った武士は驚き、身を翻して逃げようとした。

勘兵衛は、倒れた家来と思われる武士の刀を拾って投げた。

刀は唸りをあげて闇を飛び、頭巾を被った武士の背中に突き刺さった。

頭巾を被った武士は、悲鳴をあげて前のめりに倒れた。

「大丈夫か……」

勘兵衛は、倒れている善造に近付いた。

善造は、胸元を血に染め、意識を失って息を荒く鳴らしていた。

勘兵衛は、善造の傷を見た。

傷は深手だった。

「旦那、辻斬りですか……」

居酒屋の女将や客が、恐る恐る出て来た。

「うむ。誰か医者と役人を呼んでくれ」

「合点だ……」

二人の客が走った。

「女将、辻斬りを縛る縄はあるか……」

「はい。只今……」

女将は、居酒屋に駆け戻った。

善造は、意識を失ったままだった。

勘兵衛は戸惑った。

己が辻斬りを装《よそお》って始末しようとした善造が、辻斬りに斬られた事実に戸惑わずにはいられなかった。


大川には幾つもの船行燈が揺れていた。

駒形堂裏の仕舞屋には、明かりが灯されていた。

「それで善造、どうなりました……」

吉五郎は眉をひそめた。

「医者の見立てでは、助かるかどうかは五分五分だそうだ」

勘兵衛は告げた。

「そうですか。で、辻斬りは……」

「築地《つきじ》に住む旗本の倅《せがれ》だ」

「運の悪い人なんですねえ。善造さん……」

おせいは、溜息混じりに同情した。

「うむ……」

勘兵衛は、騙して利用したおせいが善造に同情するのに苦笑した。

「お頭、恵比寿屋は諦めますよ」

おせいは微笑んだ。

「おせいさん……」

吉五郎は戸惑った。

「吉五郎さん、もう良いんですよ」

おせいは、善造を殺して迄、口入屋『恵比寿屋』を営み続ける気を失った。

「おせい、本当に良いのか……」

勘兵衛は念を押した。

「はい。死んだ亭主の残してくれた店ですが、商売替えをしますよ。お頭、いろいろ面倒を掛けて申し訳ありませんでした」

「いや。おせいがそれで良ければ、私は構わぬが……」

勘兵衛は、微かな安堵を覚えた。

「只今、戻りました」

丈吉が入って来た。

「おお。どうだった金沢藩江戸上屋敷は……」

「はい。目付頭の黒沢兵庫が斬られた後、警戒は厳しくなりました」

「そうか……」

勘兵衛は、目付頭の黒沢兵庫との約束を守る為、丈吉に金沢藩江戸上屋敷を探らせていたのだ。

「で、江戸家老の原田采女正ですが、表御殿の南側にある重臣屋敷が住まいです」

丈吉は告げた。

「表御殿の南側か……」

勘兵衛は、金沢藩江戸上屋敷の大雑把な見取図を広げた。見取図は、岡崎藩江戸下屋敷の大屋根から見て描いたものだった。

「此処か……」

勘兵衛は、見取図に描かれた表御殿と内塀の外の南側を示した。

そこには、幾つかの屋敷が描かれていた。

「はい。そこの一番奥の屋敷だそうです」

丈吉は告げた。

「よし。それだけ分かれば充分だ。御苦労だったな」

勘兵衛は、丈吉を労った。

「いえ。で、押し込むのは……」

「明日の夜……」

金沢藩江戸家老の原田采女正を葬り、利家の置文を戻す。

黒沢兵庫との約束は守る……。

勘兵衛は、押し込みの始末をつける時が来たのを知った。


加賀国金沢藩江戸上屋敷は、西に本郷の通りや岡崎藩江戸下屋敷、北に水戸《みと》藩江戸中屋敷、東に支藩である大聖寺藩の江戸上屋敷と越後国高田藩江戸中屋敷、南に湯島の切通しがあった。

江戸家老原田采女正の屋敷は、敷地内の南側にある。そして、金沢藩江戸上屋敷の南側の土塀の外は湯島の切通しだった。

勘兵衛は、押し込む忍び口を探した。

南側の切通しと東側の高田藩江戸中屋敷の間には辻番が幾つかあった。

辻番は、武家地の自身番のようなものであり、番士たちが昼夜を問わずに詰めている。

忍び口はない……。

勘兵衛は、北側の水戸藩江戸中屋敷との間にある裏門の傍から押し込むことにした。


夜、金沢藩江戸上屋敷の裏門は閉まっていた。

勘兵衛は、錏頭巾と忍び装束に身を固めて、村正の短刀の入っていた刀箱を背負った。そして、裏門に続く土塀を越えて江戸上屋敷内に忍び込み、月明かりに照らされている辺りを窺った。

裏門には門番所があり、侍長屋や中間《ちゅうげん》長屋などが続き、奥には雑木林があった。そして、雑木林の西に内塀があり、奥御殿がある。

南側にある江戸家老原田釆女正の屋敷に行くには、奥の雑木林を抜けて行かなければならない。

勘兵衛は、雑木林に走り込んだ。

雑木林は広く、不忍池の半分程の広さがあった。それだけに見張りの番士も少なく、警固は手薄だ。

勘兵衛は雑木林を走った。

勘兵衛は、雑木林を駆け抜けて南側に出た。

南側には内塀があり、中に屋敷があった。

江戸家老原田采女正の屋敷だ。

勘兵衛は見定め、内塀の上にあがった。

金沢藩江戸上屋敷内にある屋敷だけに警固は緩く、押し込むのは容易だ。

勘兵衛は、見張りや見廻りの番士がいないのを見定めて屋敷の庭先に忍び込んだ。

江戸家老原田采女正は、老妻と倅夫婦や孫、僅かな奉公人と暮らしている。

勘兵衛は、原田采女正の寝所を屋敷奥の南側だと読み、庭を進んだ。

屋敷の南の座敷は、雨戸が閉められていた。

勘兵衛は、雨戸を僅かに開けて忍び込んだ。

勘兵衛は、暗い廊下に忍び、人の来る気配を探った。

人の来る気配はない……。

勘兵衛は見定め、連なる座敷の様子を窺った。

奥の座敷の障子が、仄かに明るく浮かんで見えた。

有明行燈の明かり……。

勘兵衛は奥の座敷に寄り、障子越しに中の気配を探った。

男の鼾《いびき》が聞こえた。

原田釆女正か……。

勘兵衛は、障子を開けた。

奥の座敷には有明行燈が灯され、初老の男が鼾を掻いて眠っていた。

金沢藩江戸家老原田釆女正……。

勘兵衛は、鼾を掻いて眠っている初老の男を江戸家老の原田釆女正だと見定めた。

老中水野忠成を恐れ、その場凌ぎの浅知恵で藩祖利家公の置文と村正の短刀を呉服屋の『越前屋』に預け、金沢藩を窮地に陥れた愚か者だ。

生かして置いては、目付頭の黒沢兵庫を始めとした者たちの死が虚しくなるばかりだ。

勘兵衛は、眠っている原田に忍び寄った。

「原田釆女正……」

勘兵衛は呼び掛けた。

原田は、眼を覚まして跳ね起きようとした。

一瞬早く、勘兵衛は背後から原田の首に腕を廻して締めた。

原田は眼を瞠った。

「騒ぐな……」

「お、お前は……」

原田は、喉を引き攣らせた。

「眠り猫……」

勘兵衛は囁いた。

「ね、眠り猫……」

原田は驚いた。

「黒沢兵庫との約定により、命を貰う」

勘兵衛は、冷徹に云い放った。

「く、黒沢との約定……」

原田は、戸惑いながらも逃れようと抗った。

「左様。黒沢との約定、果たす」

勘兵衛は、原田の首を締めあげた。

原田は苦しく呻き、首に巻き付いた勘兵衛の腕を外そうと必死に踠《もが》いた。

勘兵衛は締めた。

原田は全身の力を失い、大きく項垂《うなだ》れた。

息絶えた……。

勘兵衛は、原田の首に巻いた腕を解いた。

原田は、項垂れたまま崩れ落ちた。

勘兵衛は、原田の死を見定めた。


金沢藩江戸上屋敷は静けさに覆われていた。

勘兵衛は、原田の屋敷を忍び出て御殿を囲む内塀を越えた。そして、表御殿と奥御殿を繋ぐ廊下に忍び込んだ。

長い廊下は暗く、静寂に満ちていた。

勘兵衛は、表御殿に進んで御座之間《ござのま》に入り、背中の刀箱を置いた。

刀箱には、藩祖利家公の置文が入っている。

盗賊眠り猫が、押し込み先で盗みを働かず、奪った物を持ち主に返すのは初めての事だ。

勘兵衛は苦笑し、利家公の置文を入れた刀箱を残して消えた。

藩祖利家公の置文は、あるべき処に戻ったのだ。

勘兵衛は、黒沢兵庫との約束を果たした。


根岸の里、時雨の岡に初秋の風が吹き始め、黒猫庵の広い縁側に差し込む陽差しも弱まった。

暑くもなく、居眠りに良い季節になった。

呉服屋『越前屋』の押し込みの始末は終わった。

勘兵衛は、老黒猫と広い縁側の日溜りで居眠りをしていた。


加賀国金沢藩は、江戸家老の原田采女正の死を病によるものと公儀に届け、すべてを闇の彼方に葬った。

留守居役の横山織部は、藩祖利家公の置文が無事に戻ったのに安堵した。

置かれていた刀箱には、利家公の置文と一緒に眠り猫の千社札が入っていた。

眠り猫の千社札の裏には、『黒沢兵庫との約定を果たす』と書き記されていた。

盗賊眠り猫は、黒沢との約定を果たそうとして、利家公の置文を返していった。

黒沢兵庫は、命を懸けて利家公の置文を返すように眠り猫と約束したのだ。

金沢藩を守る為に……。

横山は気付き、黒沢兵庫に感謝した。そして、原田采女正の死にも眠り猫が拘わっていると睨んだ。

盗賊眠り猫……。

横山は、眠り猫の千社札を焼き棄て、事を荒立てず何もかもを穏便《おんびん》に済ませるように藩主前田斉広《なりなが》に進言した。

藩主斉広は、事を荒立てて利家公の置文が露見するのを恐れ、横山の進言を取り入れた。そして、黒沢の配下にも、こたびの一件を忘れるように釘を刺した。

金沢藩に漸く平穏が戻る……。

横山は、藩主斉広に目付頭黒沢兵庫の命懸けの働きを告げた。

斉広は、黒沢兵庫の幼い倅に家督を継がせるように命じた。

金沢藩と拘わりの深かった天神の辰次と下っ引の栄吉は、北ノ天神門前町の仏花を売っている茶店から、いつの間にか姿を消し、行方知れずになった。

呉服屋『越前屋』の番頭見習善造は、命を取り留めて奉公を続けた。そして、主の喜左衛門は、善造を再び番頭にした。

おせいは、口入屋『恵比寿屋』を長年番頭を務めた由蔵に譲り、献残屋《けんざんや》を開店する仕度に忙しかった。

吉五郎は、斬られた傷も完全に癒え、故買屋に励んでいる。

丈吉は、仙造の百獣屋で肉を食べて滋養を付け、次ぎの押し込み先を探していた。

黒猫庵の広い縁側には、穏やかな陽差しが溢れ、初秋の微風《そよかぜ》が心地好く吹き抜けた。

時雨の岡からは、子供たちの楽しげに遊ぶ声が響いている。

盗賊眠り猫の勘兵衛は、今日も広い縁側の日溜りで老黒猫と居眠りを楽しんでいた。

この作品は双葉文庫のために書き下ろされました。

双葉文庫

ふ-16-37

日溜《ひだま》り勘兵衛《かんべえ》 極意帖《ごくいちょう》

押込《おしこ》み始末《しまつ》

2016年11月13日　第1刷発行

【著者】
藤井邦夫《ふじいくにお》

【発行者】
稲垣潔
【発行所】
株式会社双葉社
〒162-8540 東京都新宿区東五軒町3番28号
［電話］03-5261-4818(営業)　03-5261-4833(編集)
www.futabasha.co.jp
(双葉社の書籍・コミックが買えます)
【印刷所】
株式会社亨有堂印刷所
【製本所】
株式会社若林製本工場

【表紙・扉絵】南伸坊
【フォーマット・デザイン】日下潤一
【フォーマットデジタル印字】飯塚隆士

ISBN978-4-575-66799-8 C0193
Printed in Japan